天地外國經典文庫

らしょうもん

羅生門

[日] 芥川龍之介 著

あくたがわ りゅうのすけ Akutagawa Ryunosuke

林少華 譯

總序

香港是中西文化薈萃之地，文化以多元為主要特徵；人們讀的，既有四書五經、唐詩宋詞、胡適陳寅恪，也有聖經和莎士比亞、培根和狄更斯。香港文化發展史的重要內容是文化交流史。所謂文化交流，就是研究和介紹由外國先進思想衍生的普世價值，以及各國的優秀文學作品，作為發展本地文化的借鑒。用著名學者錢鍾書先生的話來說，就是「東海西海，心理攸同；南學北學，道術未裂。」[1] 翻譯家傅雷先生在〈翻譯經驗點滴〉一文中說：「中國人的思想方式和西方人的距離多麼遠。他們喜歡抽象，長於分析；我們喜歡具體，長於綜合。」[2] 可見，同為人類，中國人和西方人「心理攸同」；作為不同人種，他們的思維方式各有短長。香港各大學設英國語言文學系、翻譯系、比較文學系，文學院有歐洲和日本研究專業，目的就在於此。在這方面，香港有着足以驕人的成就。

茲舉一例。有學者考證，俄國大作家列夫．托爾斯泰作品最早的中譯本《托氏宗教小說》就是香港禮賢會出版的（時在清光緒三十三年即一九零七年），以此為嚆矢，托翁的著作以後呈扇形輻射到全國各地，被大量迻譯成中文出版，對我國文學界和思想界產生了深遠的影響。[3]

再舉一例，上世紀六、七十年代，香港今日世界出版社聘請了多位著名翻譯家、作家和詩人，如張愛玲、劉以鬯、林以亮、湯新楣、董橋、余光中等，迻譯了一批美國文學名著，其中包括《老人與海》、《湖濱散記》、《人間樂園》、《美國詩選》等書，到九十年代，這批書籍已成為名譯，由內地出版社重新印行，對後生學子可謂深致裨益。

為了持久延續這種交流，我們與相關專家會商斟酌，擬訂了引進「外國經典文庫」的計劃，盡可能蒐集資深翻譯家中譯外國文化（包括文學、哲學、思想、人文科學）經典的新舊版本，選粹付梓，給廣大讀者提供閱讀和研究參考的方便。

所謂經典，即傳統的權威性著作。它們古今俱備，題材多樣，以恢宏、深刻、精警見稱，在文學史、哲學史、思想史上具有崇高地位，迥異於坊間流行的通俗讀物。先期分批推出的二十種名著，簡述如下：

希臘哲學家柏拉圖的《對話集》，既是哲學名著，也在美學領域佔有重要地位，開了散文史上論辯文學的先河。
《莎士比亞十四行詩集》是西洋詩歌史上最深宏博大的十四行詩集。
愛爾蘭小說家喬伊斯短篇集《都柏林人》，由傳統走向革新。這位二十世紀最重要的作家之一，以其代表作、意識流長篇《尤利西斯》奠定了現代派文學的基礎。
英國女作家伍爾夫是運用「意識流」手法進行小說創作的先驅。她的長篇小說《到燈塔去》，以描寫人物內心世界見長，語言富有詩意。
勞倫斯是上世紀最具爭議的英國小說和散文家。他畢生以四海為家，著名的意大利遊記選《漂泊的異鄉人》，對當地風土人情的描寫繪影繪色，《不列顛百科全書》盛讚為具有「畫的描繪、詩的抒情、哲理的沉思」。
英國小說家赫胥黎的長篇《美麗新世界》，與奧威爾的《一九八四》、俄國作家扎米亞金的《我們》，被譽為文學史上三部最有名的反烏托邦小說。
奧威爾的《動物農場》與《一九八四》同為寓言體諷刺小說名著，在現代外國文學史上迄今仍享有盛名。
英國小說家毛姆的長篇《月亮和六便士》，以法國印象派畫家高庚為人物原型，刻劃的角色人情練達，冰雪聰明，筆致輕鬆流麗，幽默感人。他的另一小說《面紗》，雖非代表作，卻是以香港為背景的經典，而且二零零七年經荷里活改編為電影（譯名《愛在遙遠的附近》），頗值得注意。

小說家歐·亨利的《最後一片葉子》是膾炙人口的短篇集，作者堅持傳統寫作手法，享有「美國短篇小說創始人」之譽。

美國作家海明威的中篇小說《老人與海》，因「精通敍事藝術以及對當代風格的有力影響」榮膺一九五四年諾貝爾文學獎。他上世紀長居巴黎時構思的特寫集《流動的盛宴》，體裁略有不同，表現了含蓄凝練、搖曳生姿的散文風格。

法國存在主義小說《鼠疫》和《局外人》，冶文學和哲理於一爐。作者加繆與同為存在主義作家的薩特齊名，是一九五七年諾貝爾文學獎得主。

意大利作家亞米契斯的兒童文學作品《愛的教育》，早年由民初作家夏丏尊從日譯轉譯為中文，是當時傳誦一時的日記體文學作品；夏氏是我國新文學的優秀散文家，譯文暢達，此書初版迄今，在兩岸三地屢屢重版。

作為西方現代派文學鼻祖，奧國作家卡夫卡的小說《變形記》，荒誕離奇，寓意深刻，揭示了社會中的各種異化現象。

風格大不相同的兩位日本作家的作品：被譽為「日本毀滅型私小說家」代表人

物太宰治的《人間失格（附〈女生徒〉）》；與川端康成、谷崎潤一郎等唯美派大家齊名的永井荷風的散文集《荷風細雨》入列，為文庫增添了東方文學的獨特風采。《泰戈爾散文詩選集》雖然詩制精悍短小，但給予中國早期新詩的影響，我們卻可以從胡適、徐志摩、冰心等人的小詩中窺見它的痕跡。

考慮到歷史、語言和讀者熟悉與接受程度等原因，以上品種還較集中於英美日經典，其他如古希臘羅馬、印度、德、法、意、西班牙、俄羅斯乃至別的亞洲、非洲、拉丁美洲國家的精品尚待增補。我們希望書種得以逐年擴大，使「文庫」成為一套覆蓋寬廣、姿彩紛呈的外國文學寶庫，更有力地促進本地文化與世界各國優秀文化的廣泛互動，加速新時期本地文化的向前發展。

末了，對於迻譯各書的專家和結合本地實際撰寫導讀的學者，謹此表示由衷謝忱。

天地外國經典文庫編輯委員會

二零二一年一月二十日修訂

註釋：

[1]《談藝錄．序》，中華書局（香港）有限公司，一九八六年版。

[2]《傅雷談翻譯》第八頁，當代世界出版社，二零零六年九月。

[3] 戈寶權〈托爾斯泰和中國〉，載《托爾斯泰研究論文集》，上海譯文出版社，一九八三年版。

目錄

導讀

年輕的芥川，深刻的「惡」

熱愛小說的讀者應該曉得，日本有一個頒給純文學新人最高榮譽的獎項，自一九三五年首次頒發，每年兩次（間或從缺）直至如今，培育了不少新人作家，包括我們所熟悉的村上龍、遠藤周作，還有諾貝爾文學獎得主大江健三郎——這個獎項就是以本書的作者命名，叫作「芥川龍之介獎」（芥川賞）。由此可知，芥川龍之介在日本純文學界可謂無人不知無人不曉，他的名字就象徵着日本的純文學。他是接觸日本文學的必讀作家，其越洋成為台灣中學生修讀課文的三篇小說〈密林中〉（〈竹林中〉）、〈羅生門〉和〈蛛絲〉（〈蜘蛛絲〉），本書均有收錄，讀者可從中感受芥川最優秀作品的攝人魅力。

芥川龍之介生於一八九二年，成長於東京，因為家庭富有文人氣息，從小便熱愛文學，十一歲已經能自行寫作文章和編輯雜誌；大學主修英國文學。他涉獵甚廣，博通漢學、日本文學和西方哲學，從本書收錄的〈侏儒警語〉（〈侏儒的話〉）讀者可一窺他學識的廣博和思想的深刻。一九一二年他二十歲發表處女作，兩年後便寫出了本書的同名小說〈羅生門〉，畢業後發表的小說〈鼻〉更受到大作家夏目漱石的讚賞，可謂天資聰穎，少年有成，是個極具天賦的小說家。然而虛弱的身體承載不了他的才華，自以記者身份遊覽中國後便染上多種疾病，一生為胃病、失眠和神經衰弱所困擾，長期心懷厭世之情，最終於一九二七年在家中自縊，年僅三十五歲。

受古典中國文學影響，將故事寫得精彩而雋永

芥川主修的雖是英國文學，但他最擅長的卻是漢文。對中國文學的喜愛始自中學時代，四大名著、雜劇戲曲早已爛熟於胸，融入他的思想和創作思維裏，從他的創作，尤其是傳世名著中尤為可見，總帶有如《聊齋志異》、《水滸傳》等志怪和傳奇故事的韻味。攤開本書的名作一看，當中歷史題材〈地獄變〉和神鬼題材〈蛛絲〉總讓人聯想起《聊齋》；懸疑題材〈密林中〉則帶有幾分梁山泊好漢殺人越貨之感。芥川不似西方作家對人物的心理和行動有深入的描寫和剖析，將故事的重心

集中於人物上，反而以上帝視角書寫，用概括式的文字安排故事進展和人物行動，快速呈現環境和氛圍，並將情節寫得起伏跌宕，使讀者得以馬上進入其中，獲得體驗精彩故事的樂趣和快感。芥川從中國古典文學學得書寫優秀小說的技藝，並在內容思想上注入了對他身處時代的反思和批評，魯迅在《羅生門》的譯者附記中稱其作品**「取古代的事實，注進新的生命，便與現代人生出干係來」**，因而他的作品初讀便會覺得精彩刺激，進而反思更體會到其深刻雋永。

在此筆者試簡析〈密林中〉這篇小說。作品透過不同人物的回憶建構而成，描寫了一個強盜姦淫婦女並殺死其丈夫的故事。婦女為了顯示其忠貞守節的形象，將丈夫描繪成鄙視她失身、無情無義的形象，自己則悲傷不已，多次自尋短見卻不成功；多襄丸為了彰顯其所謂爽直、真誠和勇敢的形象，將殺人強姦的行為說成是人性優秀的表現，輕鬆控制丈夫和婦女，更標榜有情有義要娶婦為妻，君子式地與丈夫決鬥；那丈夫則為炫示自己的武士精神，將妻子描繪成變節不忠的形象，而自己並非決鬥戰敗，卻是受辱自殺，讓人覺得他寧死不屈。然而細讀小說，尤其開篇樵夫、行腳僧等無利益關聯者相對客觀的描述，可以發現三個主要人物都在歪曲事實，自我表揚——丈夫說是自殺而死，可現場草木淩亂，他在企圖掩飾自己的無能；

多襄丸自稱多麼勇敢善戰，可摔下馬即給捕快捉住，實力其實有限；婦女為表忠貞自殺數次，可都死不了，其實是不想死，只為求他人同情而已。回想我們自身，是否又如同三位主人公那樣，明知自己在某件事上的表現糟糕，卻強將自己說得非常優秀，以求推卸責任，獲得他人的諒解和認同？

我們在面對同一個事實時，處於不同立場便會有不同的解讀，尤其在這個「Deepfake」假新聞充斥網絡的時代，社會上矛盾衝突持續不斷，人們由於思想和信念不同，對身邊發生的同一件事可以產生截然相反的理解。這種行徑源自於我們的心理動機，只要事情牽涉到自身，那怕只有一丁點關聯，都想對之作出對自己有利的解讀，由此展現自身的優秀品質——勇敢、正義、善良、守節……於是以自身利益為目標隨意歪曲事實，使呈現出來的「真相」對自己有利。人的自我認同感往往來自於他人，要獲得別人和社會的讚賞才得以認同自己，即便那不是事實，內心知道自己在造假，卻仍渴求着他人對自我的認可，到獲得認可而心滿意足後，事實真相如何早就拋諸腦後。如此下去，現實似乎再沒有所謂客觀的存在，沒有所謂的對與錯，有的只是源於各自立場的動機和利益，只要對自身有利，便可以指鹿為馬，甚或用種種方法造假，去將錯說成對，將對變成錯。

當人們只談論立場不思考對錯，整體社會的思維和價值判斷能力都會下降，社會上非友則敵非黑即白，聰慧的人也因而失去了思考的自由，因為他／她必須選擇立場，不然將兩面樹敵，無處容身。

對人性「惡」的深刻呈現

芥川的創作追求通過故事表達出深刻的思想，故事裏情節的發展推進和人物行為抉擇多是為服務於思想而存在，故而我們難以從芥川作品中讀到精彩的人物，卻能讀到通過人物呈現出來的埋藏於人性中最真實的面貌。當中最為明顯的，自然是人性的醜惡——〈羅生門〉中老婦人為生存拔死人頭髮去賣，僕人搶老婦人的衣服保暖，故事剖開人性中那種生存高於道德，剝削他人以求自身存活的醜陋的利己主義。僕人一開始還心存善念，見到老婦人拔髮的行為後，良知便徹底喪失，搶衣服也搶得心安理得。小說揭示亂世裏人性的善念極易喪失，跌入無盡的惡意裏；〈蛛絲〉將善惡觀念寫得更加緊湊，兩者只存在於一念之間。大盜本因存善而獲得的脫離地獄的機會，卻因又生惡念而永遠喪失，反映出人性中的惡念永遠不能磨滅，最終連僅存的為善希望都因貪婪和自私而喪失；〈鼻〉描繪出人性既渴求自尊，又深懷自卑，而旁觀者對遭遇悲慘者也既同情又幸災樂禍，反映出人性的矛盾和複雜。

人性的醜陋是文學永恆不變的題材，芥川是一個徹底的悲觀主義者。他的小說，結局總是「惡」戰勝了「善」，讓角色因而陷入萬劫不復之境。如同〈地獄變〉中的良秀雖然畫成了絕世的畫作，卻看着最愛的女兒在烈焰中燒成灰燼，自己也落得懸樑自盡的結局，讓讀者讀得心寒不已，對人性感到絕望。

青年至中年的憤世嫉俗

為何芥川對人性和世界如此絕望，又透過作品對之作出無情的鞭笞，彷彿人性中就沒有值得讚美和欣賞的地方？

筆者認為，這與其創作這些名作時的年紀和心境不無關係，而讀者可以通過本書收錄的〈侏儒警語〉一窺他的精神和心靈世界，並從中挖掘他創作小說時的心境和動機。此篇全文是札記形式，用極簡短的文字書寫對世界事物的尖銳觀感，包括人生、政治、藝術、宗教、戰爭和情感等等，有時只得十來個字，彷彿是作者靈光一閃，馬上就把話記落筆記本；有時則對同一主題不斷作出延伸，加以解釋或拓展至另一個領域——譬如他認為軍人如同小孩子，又如機械人和動物，視殺戮如同兒戲玩樂；人比動物還痛苦；社交是虛偽的；神不能夠自殺，非常同情祂；母親不適合培育子女……縱觀全文，不難看出芥川是個極具觀察力和思維極度敏銳的人，對社會的一切思想習俗都充滿逆向思維，能用三言兩語把一件事物的本質徹底剖析，不留情面地拆穿事物虛假的表象。

然而如同他的人生一樣，少年成名，中年逝去；如此光芒畢露，所寫的文字注定充滿少年意氣的尖銳犀利，而缺乏老年人的沉穩大度。年輕聰慧的知識分子總喜愛追求事物的真相，企圖挖掘和揭露所有事物的本質，懷着極端的價值觀和藝術觀，高高在上地去批判和解構社會上虛偽的一切，一針見血地批評，並且揶揄所有偽善做作的人，從中確實展露了作者的聰明慧黠。然而揭穿了事物的「假象」之後又如何？將人性的醜惡徹底地刻劃出來以後，又能改變甚麼了嗎？其實無補於事，人性依舊如此，只留下了文學的成就和雋永的作品。

如芥川能多活三五十年，更深入研究中國古典和西方哲學，人生多些歷練滄桑，必然更能接納世界的虛偽，對人性的醜惡會有更多的諒解，或許我們就能讀到他那悲天憫人的情懷，對不滿的事物不只是揭穿和批判，而是更能詳細分析並從中指出改善方法，藉此去教化喜愛他的讀者……

然而這一切，在他三十五歲的某個凌晨，消逝了。

袁子桓

袁子桓，香港浸會大學文學士，香港大學文學碩士，現職教師。第六屆大學文學獎小說組冠軍，第四十六屆青年文學獎散文高級組冠軍，作品散見於《香港文學》、《別字》和《城市文藝》等。

羅生門

薄暮時分。羅生門下。一個僕人正在等待雨的過去。

空曠的門樓下，除了他別無旁人。只有一隻蟋蟀伏在朱漆斑駁的粗大的圓柱上。其實這羅生門位於朱雀大路，按理，除他以外，也該有兩三個頭戴高斗笠或三角軟帽的避雨男女。然而唯他一人。

這是因為，近兩三年來京都連連遭災：地震、龍捲風、大火、饑荒，不一而足。整個京城因此衰敗不堪。據舊書記載，佛像和祭祀用具也已被毀，塗着朱漆或飾有金箔銀箔的木料被人堆在路旁當柴出售。都城既是如此光景，羅生門維修之類自然更是無從提起。於是，樂得狐狸來棲，盜賊入住，最後竟將無人認領的死屍也拖了進來，且日久成俗。這麼着，每到日落天黑，人們便覺心怵然，再沒人敢靠近。

取而代之的，便是烏鴉。很多烏鴉不知從何處飛來。白天看去，無數烏鴉一邊叫着一邊繞着兩端的脊瓦往來盤旋。尤其晚霞照亮城門上方天空之時，烏鴉渾如播撒的芝麻歷歷在目。無須說，牠們是來啄食門樓上的死人肉的。不過，今天或許時間已晚，竟無一隻飛臨。目中所見，盡是已開始塌裂且從裂縫中長出長長雜草的石階上點點泛白的烏鴉糞。僕人身穿洗得發白的青布褂，在七級石階的最上一級弓身坐下，百無聊賴地望着雨絲。而右臉頰那顆大大的粉刺又給他增添了幾分煩躁。

作者剛才寫道「僕人正在等待雨的過去」。其實，雨過去僕人也並沒有甚麼事可做。若是往日，他自可返回僱主家裏。但四五天前便被主人打發出門。前面已經說了，京都城當時已衰敗不堪。眼下這僕人被多年的僱主打發出門無非這衰敗景象的一小片落葉而已。所以，與其說僕人在等待雨停，莫如說困在雨中的僕人走投無路更為合適。而且，今天的天氣也加劇了不少這平安[1]年間僕人的 Sentimentalism[2]。從申時後半段下起的雨，直到現在仍無止息跡象。這樣，僕人當務之急便是設法籌措明日的生計。也就是說要為根本無法可想之事而想方設法。他一邊沉浸在漫無邊際的思緒裏，一邊似聽非聽地聽着朱雀大路持續已久的雨聲。

雨包攏着羅生門，雨聲從遠處颯然而至。暮色逐漸壓低天空。抬頭看去，門樓斜向翹起的脊瓦正支撐着沉沉烏雲。

既然為無法可想之事想方設法，便無暇選擇手段。如要選擇，便只有餓死土板牆下或橫屍路旁，進而被人像拖狗一樣拖來扔在這門樓上。而若不選擇——僕人的思路兜了幾圈之後，終於到了這一關口。可是這「而若」終究是「而若」。僕人固然對不擇手段這點給予了肯定，但要想使這「而若」有個結局，隨之而來的必然是「除非當強盜」。問題是僕人又沒有足夠的勇氣對此給予進一步認同。

僕人打了個大大的噴嚏，艱難地站起身來。日暮生涼，京都城已冷得該生火爐子。門柱之間，風同暮色一起冷颼颼地穿過。那隻伏在朱漆柱上的蟋蟀，早已不知去向。

僕人縮下脖頸，高高聳起黃汗衫青布褂下的雙肩打量門樓四周，以便找一處好歹可以過夜的地方，一個沒有風雨之患又避人眼目的安然存身之處。也巧，一架同樣塗着紅漆的通往門樓頂端的寬木梯閃入眼簾。樓頂即使有人，也全都是死人。僕人於是小心不讓腰間沒包鯊魚皮的木柄腰刀滑出刀鞘。將穿着草鞋的腳踏上木梯最下一級。

此後過了幾分鐘。通往羅生門頂端的寬梯中間，一個漢子像貓一樣弓身屏息，窺看上面的動靜。上面透下的火光，隱隱約約舔着他右側的臉頰，映出短短的鬍鬚和紅腫的酒刺。僕人起始滿以為上面必是死人。不料爬上兩三級，上頭竟似乎有人點火，且火光四處動來動去。那渾濁的黃色光亮在掛滿蛛網的頂樓搖搖晃晃，一看便知上面有人。雨夜裏居然敢在這羅生門上點火，篤定不是等閒之輩。

僕人如壁虎一般躡手躡腳爬着陡梯，終於爬上頂頭。而後身體盡可能放平，脖頸盡可能伸長，戰戰兢兢地掃視樓內光景。

一看，果如傳聞所言，幾具死屍橫躺豎臥。但火光照到的範圍卻意外狹小，看不清屍體的數量，僅可模模糊糊地辨出有的赤裸，有的着衣，當然男女混雜，而且全部泥塑木雕似的張着嘴巴伸着胳膊，狼藉地倒在樓板上，甚至很難相信他們曾是活人。肩、胸等隆起部位承受着昏黃的燈光，低凹部位則愈發陰影沉沉，無不啞巴一般永久地沉默着。

死屍腐爛的臭氣使得僕人不由得捂起鼻子。但下一瞬間卻令他忘了捂鼻：一股洶湧襲來的情感幾乎將他的嗅覺劫掠一空。

僕人的眼睛這時才看清死屍中間蹲有一個人，一個身穿絲柏樹皮色衣服的白髮老太婆，又瘦又矮，渾如猴子。老太婆右手舉着燃燒的松明，正在細細審視一具死屍的面孔。死屍頭髮很長，想必是女屍。

在六分恐怖四分好奇之心的驅使下，僕人竟一時忘了呼吸。那感覺，若借用一句舊書上的話語，正可謂「毛髮悚然」。這時間裏，只見老太婆把松明插在樓板縫上，旋即雙手按住眼下死屍的脖子，恰如老猴子給小猴子抓蝨，一根根拔起那長長的髮絲。頭髮絲順手脫落。

隨着頭髮絲的一根根拔下，恐懼感從僕人心中一點點減卻。與此同時，對老太婆強烈的憎惡則一點點增加。不，說對老太婆或許不夠準確，應該是對所有惡的反感正在一分一秒地加劇。此時如果有人向這個僕人重新提起他剛才還在門下考慮的是餓死還是為盜的問題，想必他會毫不猶豫地選擇餓死。也就是說，僕人對惡的憎恨之心已如老太婆插在地板上的松明勢不可擋地燃燒起來。

自然，僕人並不明白老太婆何以要拔死人的頭髮。因而他也不知道應將她歸為善惡的哪一類才算合理。只是在僕人眼裏，在這雨夜羅生門上拔取死人頭髮一事本身即足以構成不可饒恕的惡。當然，剛才自己本身還寧肯為盜的念頭早已忘到九霄雲外。

於是，僕人往兩腿運了運力，從梯子一躍而上。他手按木柄腰刀，大踏步走到老太婆跟前。對方的驚恐自不必說。

老太婆看了一眼僕人，一如脫弦之箭跳起身來。

「混賬，哪裏去！」僕人罵着，擋住被死屍絆得踉踉蹌蹌企圖倉皇逃命的老太婆的去路。老太婆推開僕人仍要前逃，僕人再次擋住推回。兩人都不言語，在死屍群中默默扭打片刻。但勝負一開始就已見分曉。僕人終於抓住老太婆的手腕，用力將她扳倒。那手腕瘦得皮包骨，同雞爪無異。

「你在幹甚麼？說！不說，瞧這個！」僕人甩開老太婆，霍地抽出腰刀，將白亮亮的鋼刀舉到老太婆眼前，但老太婆仍不做聲，雙手簌簌發抖，肩頭連連起伏，兩眼睜得險些將眼珠擠出眶外，像啞巴一樣固執地緘口不語。見此光景，僕人這才實實在在意識到老太婆的生死完全取決於自己的意志。這使得那股劇烈燃燒的憎惡之情不覺冷卻下來。剩下的，只有大功告成的心安理得的愉悦與滿足。僕人稍微緩和一下語氣，向下看着老太婆道：

「我不是『檢非違使廳』衙役，是從這門下過路的人，不會用繩子把你捆起來送去發落的。只是想知道這種時候你在這門上幹甚麼，你說出來就算了事。」

老太婆隨即愈發圓瞪雙眼，定定注視僕人的面孔，目光如眼眶發紅的肉食鳥一樣咄咄逼人。繼而，像咀嚼甚麼東西似的動了動因皺紋而幾乎同鼻子混在一起的嘴唇，尖尖細細的喉結也蠕動起來，猶如烏鴉叫的聲音上氣不接下氣地傳到僕人耳畔：

「拔這頭髮、拔這頭髮，我是想用來做個假髮。」

僕人對老太婆意外平庸的回答很感失望。與此同時，剛才的憎惡和冷冷的輕蔑又一併湧上心頭。或許是這情感波動傳導給了對方，老太婆一隻手仍攥着從死屍頭上拔下的長髮，用癩蛤蟆低鳴般的語聲囁嚅着道出這樣一段話來：

「不錯，拔死人的頭髮這事不知有多麼糟糕。可話又說回來，這些死人個個都是罪有應得的。我現在拔頭髮的這個女人，就曾把蛇一段段切成四寸來長曬乾了，說是魚乾拿到禁軍營地去賣。若不是得瘟疫死了，怕現在也還在幹那種營生。聽說禁軍們都誇她賣的魚乾味道鮮美，竟頓頓買來做菜。我不覺得這女人做的是缺德事。她也是出於無奈，若不然就只有餓死。同樣，我也不認為我正在幹的有甚麼不妥，也是因為沒有別的辦法，不這樣就只能坐着等死。所以，這個深知事出無奈的女人想必也會原諒我這種做法的。」

以上就是老太婆說的大致意思。

僕人把刀收回刀鞘，左手按着刀柄，冷靜地把話聽完。當然，聽的過程仍為右手摸着的臉頰上那個紅腫的大酒刺感到心煩。但聽着聽着，僕人心中生出了某種勇氣，而這正是他剛才在門下所缺少的。但其趨向則同爬上門樓抓老太婆時的勇氣截然相反。僕人已不再為餓死或為盜的選擇而猶豫不決。不僅如此，作為他此時的心情，早已把甚麼餓死之念逐出意識之外——這點幾乎連考慮的餘地都無從談起。

「真是這樣的？」老太婆話音剛落，僕人便以不無嘲諷的語調問道。問罷跨前一步，從酒刺上移開右手一把抓住老太婆的上衣襟，咬牙切齒地說：「那好，我剝掉你的衣服！你可不要恨我，若不然我就得餓死！」

僕人三下兩下扯掉老太婆的衣衫，一腳把抱住自己腿不放的老太婆踹倒在死屍上。到梯口只有五步遠。僕人把剝下的絲柏樹皮色衣服夾在腋下，轉眼跑下陡梯，消失在夜色深處。

過了好一會兒，死一樣倒着的老太婆才從死屍中撐起裸體，發出不知是囈語還是呻吟的聲響，藉着仍在燃燒的火光爬到樓梯口，垂下短短的白髮朝門下張望。外面，唯有黑洞洞的夜。

僕人的去向，自然無人知曉。

大正四年九月

註釋：

[1] 平安時期，日本古代斷代史之一，從七九四年遷都平安京（現京都）開始，持續四百年。

[2] 感傷，感傷主義。

鼻

提起禪智內供[1]的鼻子，池尾無人不曉。鼻長五六寸，從上唇直垂至頷下。形狀上下一般粗細。就是說，一段細細長長的灌腸樣物件從面部正中晃晃地垂將下來。

內供已年過半百，從當小沙彌的昔日直到升任宮內道場御用高僧的今天，內心始終為鼻所苦。當然，表面看去，至今仍一副若無其事的樣子。這也不僅僅由於他身為一心嚮往來世淨土的僧侶自知不該對鼻子耿耿於懷，更是因為他不願意被人看出自己苦於鼻子一事本身。日常閒談，內供最怕遭遇鼻子一詞。

他所以為鼻子苦惱，原因有二。一是鼻子長帶來的實際不便。首先一條是吃飯時，一個人招架不住。獨自用餐，鼻端必然掉入鐵碗。故而吃飯時只好讓一弟子坐於對面，用一塊長二尺寬一寸的木板托起鼻子。但是這種就餐狀態，不論對托鼻的弟子還是對被托的內供，都絕非輕鬆之舉。一次，一個替代那個弟子的童僧打了個噴嚏，結果手一抖，鼻子掉進了粥碗——當時傳得滿城風雨，一直傳到了京都。不過，對內供來說，這點絕不是為鼻子折磨的最大原因。內供的苦惱其實是來自被鼻子刺傷的自尊心。

池尾一帶的人都說，生出如此鼻子的內供幸好不是在俗之人，否則那副尊容斷然找不到老婆。甚至有人議論他是因那鼻子才出家為僧的。但內供自己並不覺得因是僧人而多少減輕了鼻子帶來的煩惱。他的自尊心委實太敏感了，忍受不住沒有妻室這種結果性事實。於是，內供試圖從積極和消極兩方面恢復被摧毀的自尊心。

他首先想到的辦法，是如何使長鼻顯得短些。趁沒人時，他臉對着鏡子從各個角度照來照去，百照不厭，費盡心機。有時候，光是變換面部角度難以使他盡興，便手拄臉頰或指按下巴，不屈不撓地對鏡觀摩不止。然而，鼻子看上去短得至少令自己滿足卻是一回也不曾有過。有時甚至覺得越是煞費苦心越是顯得長了。每當此時，他就把鏡子收進盒內，彷彿新發現似的喟嘆一聲，快快返回經房桌旁繼續看《觀音經》。

同時，內供還總是關注別人的鼻子。池尾寺院常有講經說法等活動舉行，且寺內僧房櫛比鱗次，淨身房裏天天有人燒水。因此出入這裏的僧俗十分頻仍。內供堅持不懈地打量這些人的面孔，只為找出一個長有類似鼻子的人來，也好聊以自慰。故內供眼裏自然進不來甚麼青衫、白幔。至於柑色帽子淺黑法衣之類，亦是由於司空見慣，更是有而若無。內供目中無人，唯有鼻子。問題是，鷹鈎鼻倒是有的，而自己這樣的鼻子卻是絕無僅有。如此一來二去，內供心裏漸漸又生不快。同人交談時不由抓起搖搖欲墜的鼻頭而羞紅老臉也完全是這不快所致。

後來，他竟至心生一計，企圖從佛家經典和其他古籍中覓出長有同樣鼻子之人，以多少求得幾分寬慰。然而，任何一部經書都未提及目連和舍利弗的鼻子如何之長。當然，龍樹和馬鳴也是鼻子與常人無異的菩薩。從震旦的故事中倒是聽說過蜀漢劉玄德的耳朵大。當時他想，如若長的是鼻子，自己不知會感到何等心懷釋然。

無須説，內供在苦心孤詣進行如此消極探索的同時，也曾通過積極的嘗試促使鼻子變短。這方面他也堪稱無所不用其極。熬過土瓜湯喝，往鼻頭抹過老鼠屎。但無論怎樣施展伎倆，鼻子都依然故我，依然以五六寸的長度從上唇赫然下垂！

不料，某年秋天，一個順便進京為內供辦事的弟子帶回一個整治長鼻的秘方。秘方是一位知己醫生所授。那醫生來自震旦，在長樂寺為僧。

內供一如平日，做出一副對鼻子不屑一顧的神氣，故意不提提快試用那個秘方。但另一方面，吃飯時每每以若無其事的語氣説起不忍總給弟子添麻煩云云。內心自然期待弟子勸説自己一試該法。弟子也並非不明白內供的用心。較之反感，弟子莫如對內供的如此煞費心機深為同情，於是迎合內供心理，百般勸説內供何妨一試。這對內供可謂正中下懷，終歸言聽計從。

秘方其實十分簡單，只消將鼻子泡入熱水，之後讓人踐踏即可。

淨身房每天都燒熱水。弟子當即用提鍋提了熱得幾乎伸不進手指的沸水回來。但若直接將鼻子投入提鍋，熱氣勢必灼傷面部。於是，便用方木盤開了個孔作提鍋蓋，從孔中將鼻子探入提鍋內——只將鼻子浸入沸水，卻是一點也不熱的。片刻，弟子道：

「煮得可以了吧？」

內供沁出苦笑：光聽這句話，任憑誰都覺察不出說的是鼻子。那鼻子被熱水泡得陣陣發癢，一如跳蚤叮咬。

等內供將鼻子從孔內提出，弟子馬上兩腳使足力氣踐踏依然熱氣蒸騰的鼻柱。內供側身躺着，把鼻子拋在地板上，看着弟子雙腳在眼前上躥下跳。弟子時而露出不忍的神情，向下看着內供的禿腦袋說：

「疼不疼？醫生叫狠命踩來着。可還是疼吧？」

內供想要搖頭表示不痛。無奈鼻子在人腳下，搖頭不得，只好向上翻動眼珠，盯着弟子滿帶紅裂紋的腳，儼然氣呼呼地答道：

「不疼！」

由於被踩的是發癢部位，較之痛感，心裏反倒有些舒服。

踩了一會兒，穀粒樣的顆粒開始從鼻體排出，形狀活像整個烤焦的脱毛小鳥。

弟子見了，停住腳，自言自語地說：

「醫生說要用鑷子夾出。」

內供意猶未盡地鼓着腮，默不作聲，任由弟子處置。他當然不是不領會弟子的好意，只是不情願自家鼻子被當成甚麼物件弄來弄去。那神態活像接受技術可疑的醫生做手術的患者，老大不高興地注視弟子用鑷子從鼻體毛細孔中剔除脂粉顆粒。顆粒四分多長，狀如鳥的羽根。

如此告一段落，弟子舒了口氣：

「再來一次就可以了。」

內供依然蹙起八字眉，滿臉不悦地聽從弟子的安排。

第二次拿出泡過的鼻子一看，果然短得今非昔比，竟同普通的鷹鈎鼻大體無異。內供摸着變短的鼻子，對着弟子遞過的鏡子，難為情似的怯怯往裏窺看。

鼻子——原來一直垂到頷下的鼻子，居然魔術般收斂起來，勉強得以在上唇部位沮喪地苟延殘喘。那斑斑點點的紅痕，想必是踐踏留下的遺蹟。如此狀態，定然再無人嘲笑了——鏡中內供的臉看着鏡外內供的臉，滿意地眨着眼睛。

驀地，他又擔心鼻子某日故態復萌。因此，不論誦經還是吃飯的時候，一有時間就伸手輕觸一下鼻尖。好在鼻子好端端地趴在上唇上，並無蠢蠢下垂之勢。一夜睡過，翌日大早醒來，第一動作便是摸鼻。鼻依然短小無恙。內供於是大為暢快，有如抄罷《法華經》而功德圓滿之時。如此心境可是多年來從未有過的。

豈料兩三天後，內供發現了一件意外的事：一個來池尾一座寺院辦事的武士，說起話來語無倫次，卻一味盯住內供的鼻子不放，神情比以前顯得更加莫名其妙。不僅如此，一度把內供鼻子抖進粥碗的那個童僧在禪堂外走碰頭時，起始還低頭強忍不笑，隨後終於忍俊不禁，撲哧笑出聲來。那些前來請示的下層僧眾，面對面時尚能乖乖傾聽，而內供剛一轉身，便馬上吃吃竊笑，且不止一次。

一開始內供還以為是自己面部發生變化之故。但這種解釋總好像不夠充份。誠然，童僧和下層僧眾發笑的原因無疑是在這裏。問題是儘管同樣發笑，笑法卻與鼻長的往日多少有別。如果說尚未看慣的短鼻子比早已看慣的長鼻子顯得滑稽，事情倒很簡單。可其中原因似乎不僅如此。

以前的笑不曾如此怪模怪樣呀！

內供放下剛剛唸的經文，歪着禿腦袋不時自言自語。每當此時，親愛的內供必然望着旁邊掛着的普賢畫像發怔，回想四五天前鼻子長時的光景，心情十分沉重，「恰如今朝破落戶，回首往昔榮華時。」遺憾的是，內供不具有解答這一疑問的聰明。

人的內心存在兩種相互矛盾的情感。無疑，沒有人不同情他人的不幸。可是，一旦對方好歹從不幸中掙脫出來，卻又因此產生若有所失的悵惘。說得誇張一點，甚至出現一種想使之重新陷入不幸的心理。於是，不覺之間開始對其懷有某種敵意，儘管是消極的敵意。不知箇中緣由的內供之所以怏怏不快，無非是因為他從池尾僧俗的態度中，隱隱覺察出了這些旁觀者的利己主義。

因此，內供的情緒每況愈下。不管對誰，開口說不上兩句便惡狠狠地橫加訓斥。以致後來就連為他治過鼻子的弟子也開始暗地裏講他的壞話：「內供那麼惡語傷人，可是要遭報應的喲！」尤其使內供氣憤的，是那個淘氣鬼童僧。一天，聽得狗叫得厲害，不由出門察看。只見那童僧揮舞一尺多長的木片，正追趕一隻長毛狗。光是追趕倒也罷了，還邊追邊喊甚麼「看我打你的鼻子，喏，看我打你的鼻子！」內供從童僧手中一把奪過木片，狠狠朝他臉上打去。原來竟是原先用來托鼻子的木片。

一來二去，內供反倒對鼻子的勉強變短有些悔恨起來。

事情發生在一天夜裏。日暮時分，晚風驟起，塔上鈴聲令人心煩地傳來枕畔，加之寒氣襲身，年老的內供實難入睡。輾轉反側之間，忽覺鼻子有奇異的癢感。伸手一摸，潮乎乎膨脹起來，似乎唯獨那裏正在發燒。

畢竟是強行弄短的，很可能出了毛病——內供用給佛燒香般謙恭的手勢按住鼻頭喃喃低語。

翌日，內供一如往常早早醒來。寺內銀杏樹和七葉樹一夜落葉飄零，院落一片金黃，燦然生輝。塔頂大約掛了層銀霜，九輪在迷濛的晨光中閃閃耀眼。禪智內供站在掛起吊窗的檐廊，深深吸了口氣。

正當此刻，某種幾乎忘卻了的感覺重新回到身上。

內供慌忙摸鼻。摸到的並非昨晚的短鼻，而是以前的長鼻：長達五六寸，從上唇一直垂至頷下。他明白，鼻子一夜之間恢復如初。與此同時，一種如釋重負的心緒也彷佛失而復得，就像鼻子變短時那樣。

這樣一來，肯定再無人發笑了——內供在心中自語。

長長的鼻子，搖晃在秋日的晨風中。

註釋：

[1]「內供奉僧」之略。朝廷選十名高僧供職於宮內道場，誦經祈禱天皇安然無恙。

手帕

東京帝國法科大學教授長谷川謹造先生坐在陽台藤椅上看斯特林堡[1]的《編劇法》。

先生的專業是殖民政策研究。所以看戲劇創作法這點可能多少會給讀者以唐突之感。但先生不僅僅是學者，還是個有聲望的教育家，每有時間，大凡在某種意義上與現代學生的思想感情有關的書——即使無助於專業研究——也必然瀏覽一番。這不，近來只因其兼任校長的某高等專科學校的學生愛不釋手這一條理由，甚至對王爾德的《慘痛的呼聲》和《意圖集》之類都不辭一讀之勞。既是如此先生，因而縱然現在所讀之書談論的是歐洲當代戲曲及演員，也沒甚麼匪夷所思。這是因為，接受先生熏陶的學生之中，不僅有人寫易卜生、斯特林堡乃至梅特林克的評論，甚至有人興致倍增，決心追隨這些當代劇作家的足跡，以戲劇創作為畢生事業。

先生每讀畢驚世駭俗的一章，便把黃色布皮書置於膝頭，往陽台上懸掛的岐阜燈籠[2]漫不經心瞥上一眼。奇怪的是，每當這時先生的思緒便倏然離開斯特林堡，而一起去買這岐阜燈籠的太太隨即浮上心頭。先生是留學期間在美國結婚的，太太當然是美國人，但對日本和日本人的愛絲毫不在先生之下。日本精緻的工藝美術品尤其深合太太的心意。把岐阜燈籠掛在陽台上也是如此——與其說是先生的喜好所使然，莫如視之為太太的日本情趣些許體現更為合適。

先生每次放下書時，都要想太太和岐阜燈籠，以及由這燈籠代表的日本文明。依先生之見，日本文明近五十年間在物質方面展示了相當顯著的進步，而在精神上則幾乎看不出有甚麼進展。豈止如此，在某種意義上毋寧說是在墮落。那麼，作為現代思想家的當務之急，應該怎樣做才能消除這種墮落呢？先生斷定：除卻日本固有的武士道別無他法。武士道這東西，決不應以島國之民偏執的道德而視之。相反，其中甚至有同歐美各國基督教精神相一致的東西。倘若能夠通過武士道為現代日本思潮找出依歸，那麼不僅對日本一國的精神文明有所貢獻，而且有助於歐美各國民眾同日本國民的相互理解。國際間的和平進而得到促進亦未可知。在這個意義上，先生早就想充當架在東西方之間的橋樑。對這樣的先生來說，太太和岐阜燈籠以及由燈籠代表的日本文明以某種諧調性湧上腦海絕非不快之事。

然而幾次回味這種愜意時間裏，先生漸漸察覺即使閱讀當中思緒也同斯特林堡遠離開來。於是他不無厭惡地搖了下頭，又開始把眼睛盯在小小的鉛字上。也巧，正看的地方這樣寫道：

——當演員發現了對於最為普通感情的恰如其份的表現方法並因此獲得成功

時，無論是否合於時宜，他都會為之欣喜；同時又因其成功而往往駕輕就熟。而這便是所謂 manière（表現手法）……

先生一向同藝術、尤其戲劇風馬牛不相及。即便日本的戲劇迄今為止所看次數也屈指可數。一個學生寫的小說中曾出現梅幸[3]這一名字。而以博學強記自負的先生唯獨對這個名字到底莫名其妙。於是一次趁機把那個學生叫來詢問：

——喂，梅幸指的甚麼？

——梅幸麼？梅幸是當時丸之內帝國劇場專職演員，時下正扮演《太閤記》[4]第十幕裏的操。

穿小倉裙褲[5]的學生如此畢恭畢敬地回答。所以，對於斯特林堡以簡潔有力的筆觸加以評論的各種演出法，先生也全然沒有自己的見解，只是在能聯想起留洋期間所看戲劇某幕場景的範圍內產生幾分興致。不妨說，同中學英語老師為找習慣用語而讀蕭伯納的劇本沒多大區別。但興趣畢竟是興趣。

陽台天花板懸着尚未點亮的岐阜燈籠。下面的藤椅上，長谷川謹造先生仍在閱讀斯特林堡的《編劇法》。我只寫到這裏，想必讀者就不難想像這是個何等悠長的初夏午後。不過，這決不意味先生百無聊賴。如果有人想這樣解釋，無非對我寫作的心情故意冷嘲熱諷罷了。而現在，就連斯特林堡，先生也不得不中斷下來。這是因為，稟報有客人來訪的女僕妨礙了先生的雅興。看來，就算夏日再長，世人也非要忙煞先生不可。

先生放下書，瞥了一眼女僕剛剛遞上來的小名片。象牙色紙片上小小寫道西山篤子。不像是以前見過的人。出於慎重，交遊廣的先生還是離開藤椅，將腦海中的人名簿大致翻閱一遍。記憶中還是浮現不出類似的臉龐。於是，他把名片代替書籤夾在書裏放在藤椅上，以心神不定的樣子理好絹絲單衣的前襟，目光再次不經意地落在鼻端前的岐阜燈籠上。在這種情況下，較之等待主人的來客，讓來客等待的主人往往更為焦急，這恐怕也是人之常情。當然，先生一向嚴謹，即使來人不是今天這樣的女客，他也是這個樣子，這點就無須特意交代了。

一會兒，先生算好時刻打開客廳的門。他走進門內，手剛剛離開門拉手，椅子上坐着的四十歲模樣的婦人當即起身——二者幾乎同時。來客超出先生的估計，身穿高雅的鐵灰色單層和服，披一件黑色羅紗外套，唯有胸口細細留出的部位鼓出翡翠衣帶扣。衣帶扣呈清秀的菱形。頭髮挽成橢圓形髮髻。這點即使對這類細節漠不關心的先生也一目了然。一張日本人特有的圓臉，琥珀色皮膚，儼然賢妻良母。一瞥之下，先生覺得來客長相似乎在哪裏見過。

——我是長谷川。

先生熱情點頭。他想，若是見過，自己這麼一說，對方自然提起。

——我是西山憲一郎的母親。

婦人以清晰的語聲說罷，客氣地回了一禮。

說起西山憲一郎，先生倒也記得。亦是寫易卜生和斯特林堡評論的學生之一，專業好像是德國法律。上大學以後也經常提出思想問題出入先生家門。今年春天患了腹膜炎，由於住在大學附屬醫院，他也順便看望過一兩次。依稀記得見過這婦人也並非偶然。那個精力充沛的濃眉小夥子和這個婦人長相驚人的相似，正如那句日本諺語所說：一個瓜分兩半。

——啊，是西山君的……？

先生一邊獨自點頭，一邊手指小茶几的對面。

——請，請那邊坐。

婦人在大體對突然來訪道歉之後，再次鞠了一躬，在那把椅子上落座。坐下時從袖口掏出的，想必是手帕。先生見了，馬上遞過茶几上的朝鮮圓扇，在對面椅子坐下。

——好氣派的房子！

婦人不無造作地環視房間。

——哪裏，光是寬敞，沒甚麼氣派的。

早已習慣這種寒暄的先生把女僕剛端來的冷茶擺在客人面前。隨即把話題轉向對方。

——西山君如何？病情沒甚麼變化吧？

——啊。

婦人把雙手恭謹地疊放在膝部，略略停頓一下，然後靜靜繼續下文。語調仍那麼鎮定和順暢。

——其實，今天也是為兒子的事來的。他到底不行了。生前給先生添了不少麻煩……

以為婦人出於客氣而不拿茶杯的先生這時正要把紅茶杯端去嘴邊。他想，與其一再勉強相勸，莫如自己喝給對方看。不料，茶杯尚未接觸柔軟的八字鬍，婦人的話突然驚動先生的耳朵。喝茶還是不喝茶這一念頭完全從青年的死獨立開來，剎那間擾亂先生的心。然而畢竟不能把端起的茶杯原樣放回。於是先生咕嘟一聲斷然喝了一口，略略蹙起眉頭以彷彿嗆住的聲音說道「那可真是」。

——住院期間他也常提起您來，所以，儘管知道您忙，但還是想通知一聲，同時表示感謝。

——啊，沒甚麼的。

先生放下茶杯，拿起藍色蠟染團扇，悵然說道：

——到底沒挺過來？正是大有發展的年齡……我也好久沒去醫院了，本以為差不多康復了。那麼，去世多少天了？

——昨天正是頭七。

——還是在醫院裏……

——是的。

——實在沒想到啊！

——不管怎麼說，能想的辦法都已想了，只能順其自然。畢竟做到那個程度，動不動就怨天尤人也是使不得的。

如此交談時間裏，先生注意到一個意外的事實：這位婦人無論態度還是舉止，根本不像講述自己兒子的死。眼睛裏沒有淚花，聲音也平靜如常，嘴角甚至漾出微笑。假如不聽內容而只看外觀，任何人聽來都只能認為婦人談的是家常話。先生對此感到不可思議。

那還是往日先生留學柏林的事。當今德皇的父親威廉一世駕崩。先生是在常去的咖啡館裏聽到這則訃告的，但只有一般性感慨。因此他仍像平時那樣喜氣洋洋夾着手杖返回寄宿的地方。豈料剛一開門，寄宿處的兩個小孩當即從兩邊摟住他的脖子「哇」一聲同時大哭起來。一個是穿褐色夾克的十二歲女孩兒，一個是穿深藍色短褲的九歲男孩。喜歡小孩的先生不明所以，撫摸着兩個小孩光亮的頭髮不斷安慰道「怎麼了怎麼了？」但小孩兒仍哭個不停，一邊抹鼻涕一邊説出這樣的話來：

——陛下爺爺去世了！

先生感到費解：一國元首之死，連小孩都這般悲痛！這不僅僅讓他考慮皇室和人民的關係這個問題。自到西方以來屢屢打動先生視聽的西方人衝動性感情表露再次使得身為日本人和武士道信徒的先生感到驚詫。當時那驚詫與同情交織在一起的心情至今也無法忘記，想忘也忘不掉。現在恰恰相反，他為這位婦人的不哭而覺得不可思議。

但，有了第一個發現之後，第二個發現也接踵而來。

正當主客的話題由追思去世的青年轉到日常生活瑣事上來、繼而再次回到原來的追思上面的時候，朝鮮團扇因為甚麼從先生手中滑下，「啪」一聲落在馬賽克地板上。交談當然沒有緊迫到間不容髮的地步，於是先生從椅上往前探出上半身，手伸向地板。團扇落在小茶几下面——套在拖鞋裏面的婦人白襪的旁邊。

這時，先生的眼睛偶然看見婦人的膝部。膝部有一雙拿手帕的手。當然，單單這點談不上甚麼發現。但他同時覺察到婦人的手正劇烈顫抖。也許極力克制激動情緒的關係，顫抖的手緊緊攥住膝上的手帕，幾乎把手帕撕裂。最後他又察覺，變得皺皺巴巴的絲綢手帕在柔嫩的手指間宛如被微風吹拂一般抖動着刺繡花邊——婦人臉上固然帶着笑容，但實際上一直用全身哭泣。

拾起團扇抬臉的時候，先生的臉上有了剛才沒有的表情。那是一種極其複雜的表情，既有目睹不該目睹場景的敬畏，又有敬畏帶來的滿足，二者以多少有些做作和誇張的表情呈現出來。

——啊，您的悲痛，即使我這樣沒有孩子的人也完全感受得到。

先生彷彿看見耀眼物體，一邊約略誇張地向後仰頭，一邊以飽含感情的低沉語聲說道。

——謝謝。不管怎麼說，事情已無法挽回了……

婦人微微低下頭去。晴朗的臉上依然滿是微笑。

＊　＊　＊

兩小時後。先生洗過澡，吃罷晚飯，捏了一個飯後櫻桃，又悠閒地坐在陽台藤椅上。

夏日的傍晚過得很慢。玻璃窗大敞四開的寬大陽台上總是籠罩在若明若暗的夕暉下，夜幕很難降臨。在這隱約的天光中，先生一直把左腿架在右腿上，頭靠在椅背，悵然注視着岐阜燈籠的紅穗。那本斯特林堡的書拿倒是拿在手裏，但似乎一頁也沒看。這也難怪，畢竟先生的腦袋仍然滿滿裝着西山篤子夫人那令人敬佩的表現。吃飯時，先生對太太一五一十講了一遍，稱讚說這就是日本女武士道。熱愛日本和日本人的太太聽了不可能不同情。先生為發現太太這個熱心的聽者感到滿足。太太、剛才那位婦人以及岐阜燈籠，三者以某種倫理性背景浮現在先生的腦海。

先生不知道自己在這幸福的回想中沉溺了多長時間，後來忽然想起一家雜誌約稿的事。那家雜誌以「致現代青年書」為題，向四方名流徵求一般道德上的意見。就以今天發生的事為題材馬上寫一篇感想寄過去好了——先生這麼想着，搔了搔頭。

搔頭的手就是拿書的手。隨即先生意識到被冷落的書，翻開剛才把名片當書籤夾的那頁。正在這時，女僕走來點亮頭上的岐阜燈籠，細小的鉛字看起來也不那麼吃力了。先生也沒甚麼心思看，只把視線隨便落在書頁上。斯特林堡說道：

——我年輕的時候，有人講起海伯格夫人——大概出自巴黎——的手帕的故事。說她雖然面帶笑容，而手卻將手帕撕成兩半。即所謂雙重演技。我們現在稱之為「做派」……

先生把書放在膝上。書就那樣打開着，西山篤子的名片仍在書的正中。但先生心中出現的已不再是那個婦人，卻又不是太太，也不是日本文明，而是企圖打破這種平穩和諧的某種莫名其妙的東西。它當然不同於斯特林堡指責的演出法以及實踐道德上的問題。可是從現在所看之處得到的暗示中，仍有甚麼擾亂了先生浴後悠然自得的心緒。武士道，及其 manière……

先生不悅地搖了兩三下頭，又抬起眼睛，開始定定注視繪有秋草圖案的岐阜燈籠的光亮……

大正五年九月

註釋：

[1] 奧古斯特．斯特林堡（一八四九—一九一二），瑞典劇作家、小説家。其象徵主義、表現主義創作傾向身後影響頗大。《編劇法》寫於一九零七年至一九一零年。

[2] 呈橢圓形，糊以薄紙，常繪有秋草圖案。

[3] 尾上梅幸（一八七零—一九三四），日本歌舞伎著名演員。

[4] 內容主要表現日本武將豐臣秀吉（一五三六—一五九八）的生平。

[5] 小倉位於日本北九州，當時所產布料適合做學生服和裙褲。

地獄變[1]

一

堀川老殿下那樣的人，往昔自不必說，日後恐也沒有第二人。據傳，老殿下出世前夕，其母夢見大威德明王[2]大駕光臨。總之，一降生便似乎與常人不同。故而，老殿下所作所為，無一不出乎我輩意料。遠的不提，就說堀川府第的規模吧，說壯觀也罷，說雄偉也罷，反正獨具一格，遠非我等庸人之見所及。也有人強調老殿下諸多行狀，而比之為秦始皇和隋煬帝。這恐怕出於諺語所說的盲人摸象之見。老殿下所思所想，決非如此只圖自己一人富貴榮華，而是以黎民百姓為念。也就是說，乃是與萬民同樂的寬宏大度之人。

唯其如此，在二條大宮遭遇百鬼夜行之時才得以平安無事。甚至因摹寫陸奧鹽釜景致而聞名的東三條河原院內據說夜夜出現的融左大臣的幽靈，也肯定是在受到老殿下斥責之後才銷聲匿跡的。其威光若此，京城內所有男女老少才在提起老殿下時無不肅然起敬，以為菩薩轉世。一次進宮參加梅花宴回府路上車牛一時脫繮，撞傷一過路老者。老者竟雙手合十，感謝幸為殿下之牛所傷。

由此之故，老殿下一代留下了許許多多足以傳之後世的奇聞逸事。諸如宮廷大宴上曾蒙皇上賞賜白馬三十匹；曾將最寵愛的書童為長良橋捨身奠基；又曾讓震旦一位得華佗真傳的醫僧割瘡。凡此種種，不止一端。不過，諸多逸事之中，最可恐怖的，莫過於至今仍視為傳家之寶的地獄變屏風的由來。就連平素一向處變不驚的老殿下當時也不禁為之愕然。何況一旁侍候的我輩，自然更是魂飛魄散。就我來說，雖已侍候老殿下長達二十年之久，而碰上如此淒絕場面亦是頭一遭。

此話須先從創作這幅地獄屏風的那個叫良秀的畫師說起。

二

提起良秀，或許如今仍有人記述其人其事。此人是當時著名畫師，拿起畫筆，幾乎無人可出其右。事情發生時，大約年屆五十——記不確切了。看上去不過是個瘦得皮包骨的樣子不無狡黠的小老頭。去殿下府時，總是穿一件絳黃色長袍戴一頂三角軟帽。至於為人更是猥瑣不堪。不知何故，偌大年紀了，嘴唇卻紅得醒目，紅得悚然，足以使人覺得如睹怪獸。也有人說是舔畫筆所致，實情不得而知。自不待言，從那以後一些嘴上無德之人便說良秀舉止活像猴子，竟給他取了個猴秀的諢名。

說起猴秀，還有一段插曲。其時良秀有一年方十五的獨生女進府當了小侍女。

女兒生得不似其父，甚是惹人喜愛。而且，也許因為過早失去母親，小小年紀卻有大人做派，懂得體貼別人，加之天生聰穎，敏捷乖巧，因而受到老夫人和其他所有侍女的憐愛。

這時間，丹波國[3]有人獻來一隻不怕人的小猴。正當淘氣年齡的小殿下為牠取名良秀。小猴的樣子本來就滑稽可笑，加上這麼一個名字，致使府中上下無人不笑。光笑倒也罷了，還每每一口一個良秀，或叫牠爬院裏的松樹，或罵牠弄髒了房間的榻榻米，總之變着法子捉弄。

一天，剛才說過的良秀女兒手拿繫有詩簡的紅梅枝通過長廊時，那隻良秀小猴正從遠處拉門那邊一瘸一拐地跑來。牠已沒了平日爬柱的力氣，只顧拖着瘸腿拚命逃竄。後頭，舉着一根細長的樹枝的小殿下一路追來，邊追邊喊：「好個偷橘賊！還不站住，還不站住！」良秀女兒見此情景，略微躊躇之間，小猴已跑到身邊，貼着裙角發出哀鳴。大概再也按捺不住惻隱之心吧，少女一隻手仍拿着梅枝，另一隻手飄然撩開淡紫色長袖，輕輕抱起小猴，對着小殿下弓下身去，以脆生生的聲音說：

「恕我冒犯。到底是個畜生，請您饒了牠吧！」

無奈小殿下正追得性起，沉下臉，跺了兩三下腳道：

「為甚麼護着牠？那猴子是偷橘子的賊！」

「終究是個畜生……」少女又重複一遍。稍頃，淒然一笑，「再説叫起良秀來，總覺得是父親挨打受罵，不忍心看着不管。」

聽少女説得如此不比尋常，身為小殿下的也只好讓步：

「也罷，既然為父求情，就饒了牠這回吧！」小殿下老大不高興地説罷，扔下樹枝，回身向拉門那邊去了。

三

自此以後，良秀女兒便同小猴要好起來。她把小姐賜給的金鈴用漂亮的紅繩拴在小猴腦門上。小猴也乖，無論何時何地都極少離開少女。一次少女感冒臥床，小猴規規矩矩地坐在枕旁，也許神經過敏的關係，看上去憂心忡忡，不斷咬着爪子。

這樣一來，事情也真是奇妙，再也沒人像以前那樣欺負小猴了。不僅如此，反而憐愛有加。後來就連小殿下也不時投以柿子栗子，有侍從踢猴時他還大發脾氣。據説一次老殿下特意叫良秀女兒抱猴參見。大概也是因為順便聽到少女喜愛小猴的緣由了吧。

「有孝心，該賞該賞！」

於是少女作為賞賜得到了一件紅色內衫。加之猴又像模像樣地把紅衫恭恭敬敬頂在頭上，老殿下更是滿心歡喜。因此，老殿下偏愛良秀的女兒，完全出於對她憐愛小猴的孝行的欣賞，絕不是世人風傳的甚麼好色云云。固然，這類風言風語也並非純屬無中生有。此話且容稍後細表。這裏只想交代一句：老殿下斷不至於對一畫師之女想入非非，哪怕對方天姿國色。

這麼着，少女從老殿下那裏體面地退了下來。原本就是乖巧女子，並未因此招致其他無聊侍女的嫉妒。反而從此同小猴一起受到多方疼愛，尤其為小姐所寵，幾乎從不離小姐左右，乘車外出遊覽時也屢屢陪侍。

少女暫且說到這裏，再回過頭來說她的父親良秀。猴子良秀誠然受到眾人喜歡，而真正的良秀依然落得人見人厭，背地裏同樣口口聲聲叫他猴秀，並且已不限於府內，甚至橫川的和尚們每逢提起良秀也都像撞見甚麼魔障一般，臉色為之一變（當然，據說這是因為良秀把和尚們的行狀畫得滑稽可笑之故，但終屬街談巷議，未必確實）。總而言之，此人的名聲不佳，不論去哪裏打聽都大同小異。如果還有不說他壞話的人，也無非是兩三個畫家同行，或只知其畫不識其人的人。

其實良秀不僅外形猥瑣，還有更令人討厭的古怪脾性，終歸只能說是自作自受。

四

那古怪脾性便是：吝嗇、貪婪、無恥、懶惰、自私，而特別無可救藥的，恐怕還是驕傲自大和剛愎自用，無時無刻不以本朝第一畫師自吹自擂。如果僅限於繪畫倒也罷了，但他的狂妄遠遠不止於此——大凡世間習俗慣例，他務必貶得一文不值而後快。此話是從多年跟隨良秀的一個弟子口裏聽來的：一日，某朝官府上一個有名的人稱檜垣的巫婆神靈附體，正現身說法，場面十分了得。良秀則全然置若罔聞，拿起隨身攜帶的筆墨，把巫婆的猙獰嘴臉毫釐不爽地塗畫下來。在他眼裏，神靈報應之說也不外乎嚇唬小孩的玩意兒而已。

因是如此人物，畫起吉祥天來，筆下自是令人作嘔的傀儡面孔；畫不動明王時，出現的竟是混跡江湖的捕快形象，舉止全都不堪入目。而若責問其本人，則若無其事地答曰：「我良秀畫出的神佛難道會降罪於我？天大的笑話！」如此一來二去，弟子們也到底惶恐起來，好幾人因之匆匆告假。一言以蔽之：言行狂妄至極。

總之，此人認定當時天下捨我其誰也！

由此，良秀畫技如何超乎其類已不待言。當然，縱使其筆下畫作，用筆設色也與一般畫師截然不同。同他關係不好的畫師，罵他是騙子者亦不在少數。按那些人的說法，川成、金岡[4]等古之名家，筆下或是疏影橫窗暗香浮動，或是屏風宮女笛聲可聞，俱是優雅題材。及至良秀之作，無一不令人毛骨悚然，莫名其妙。就以他為龍蓋寺畫的五趣生死圖為例，據說夜半更深從門下通過，每每聽得天人嘆息啜泣之聲。甚至有人說嗅到了死人腐爛的氣味。至於老殿下吩咐畫的侍女肖像，大凡給他畫過的，聽說不出兩三年，便失魂落魄，盡皆罹病而死。按那些講良秀壞話的人的說法，這乃是其創作墮入邪門歪道的有力證據。然而，正如前面所說，由於良秀原本就是個天馬行空之人，如此說法反倒使他更加目空一切。一次老殿下跟他開玩笑說：「總之你是喜歡醜陋的囉！」他居然咧開老來紅的嘴唇怪裏怪氣地笑着，大言不慚地回答：「誠哉斯言。平庸畫師安知醜陋之美乎！」縱使果真本朝首屈一指，也是不該在老殿下面前如此口出狂言的。上邊提及的那個弟子，背後給師父取了個諢名「智羅永壽」，以譏諷他的不可一世。這也是情理中的事。諸位想必知道，「智羅永壽」乃昔日來自震旦的天狗之名。

不過，良秀——這個狂妄得無以復加的良秀也有一處富有人情味的地方。

五

那就是對女兒的疼愛。他發瘋似的疼愛當小侍女的獨生女。上面也已說過，女兒非常懂得體貼人，極有孝心。而良秀對女兒的關愛也決不相形見絀。女兒身上穿的頭上戴的，從未向寺院施捨分文的良秀對此可謂不惜血本，無微不至，委實難以置信。

不過，良秀對女兒的疼愛也僅限於疼愛而已，至於來日為其擇一良婿的打算卻是做夢都沒出現的。不僅如此，看那架勢，要是有誰膽敢向女兒花言巧語，說不定會糾集一夥小巷裏的年輕人偷偷將其打個半死。故而，女兒遵從老殿下旨意進府當侍女時，老頭子也大為不滿，一段時間裏進府謁見也是一副愁眉苦臉的樣子。其所以有人議論老殿下因貪圖少女美色而不顧老頭子的不滿招女進府，恐怕也是看到這般光景推測出來的。

此類傳聞固然可能子虛烏有，但良秀思女心切而始終祈望女兒得以放歸卻是千真萬確的。一次奉老殿下之命畫稚子文殊，由於受寵女童的面龐畫得惟妙惟肖，老殿下甚感滿意，傳話說準備加賞，隨便他要甚麼都可以。豈料良秀竟斗膽請求將女兒放回。若在別的府第倒也罷了，而今侍奉於堀河老殿下左右，縱使再思女心切也是斷斷不能貿然乞歸的。這麼着，寬宏大度的老殿下也到底微露不悅之色，默默注視良秀。良久，冷冷道出「不行」二字，拂袖而去。估計這等事前後不下四五次之多。如今想來，老殿下看良秀的眼神便是因此而一次比一次冷淡下來。與此同時，女兒對父親的擔憂也日甚一日，回到房間往往銜着衣袖嚶嚶啜泣。於是，老殿下對良秀女兒心存異想的說法愈發滿城風雨。有人竟說地獄變屏風的由來，即在於少女未讓老殿下隨心所欲。事情當然不致如此。

依我輩之見，老殿下所以未將良秀女兒放歸，完全出於對少女的憐憫，認為將她放在府中自由自在地生活遠比守在那冥頑不化的老子身邊要好，實屬難能可貴的想法。對心地善良的少女有所偏愛自是毋庸置疑，但好色云云恐是牽強附會。不，應該說純屬無中生有。

這個姑且不提。現在要說的事情發生在老殿下因少女之事而對良秀大為不快之時。不知何故，老殿下突然召良秀進府，命他畫一幅地獄變屏風。

六

一提起地獄變屏風，那慘絕人寰的圖景便歷歷浮現在我的眼前。

雖說同是地獄變，但首先從構圖來看良秀就與其他畫師不同。他在一帖屏風的一角小小地畫出十大魔王及手下小鬼，此外便是足可燒毀刀山鐵樹的「紅蓮大紅蓮的」烈火漩渦，鋪天蓋地，勢不可擋。判官們中國樣式的衣服除斑斑點點的黃藍之外，便清一色是熊熊燃燒的火焰之色，濃煙和火粉如卍字一般在火海中拚命廝打，狂扭亂舞，濃煙濺墨，火粉揚金。

僅如此筆勢，便足以令人怵目驚心，而良秀又加上了火海中痛苦翻滾的罪人，那罪人又幾乎從未在一般地獄畫中出現過。這是因為，良秀筆下的眾多罪人，上至三公九卿下至乞丐賤民，網羅了各色人等。有峨冠博帶的廟堂高官，有花枝招展的年輕宮女，有頸掛麻紙的誦經僧，有高底木屐的書童，有長裙飄飄的豆蔻侍女，有手持供錢的陰陽先生，無暇一一列舉。總之，如此形形色色的諸多男女，無不慘遭牛頭馬面的摧殘，在上下翻騰的濃煙烈火中如風吹敗葉般四下狼狽逃竄。那被鋼叉挑髮、四肢比蜘蛛還蜷縮得緊的女人大概屬巫婆一類；那被長矛穿胸、如蝙蝠大頭朝下的漢子必是無功國司之流。此外眾人，或被鋼鞭抽打，或受磐石擠壓，或遭怪鳥啄食，或入毒龍之口——懲罰方式亦因罪人數量而各各不同。

其中最慘不忍睹的，是掠過恰如巨獸獠牙的劍樹（劍樹梢頭已經屍體纍纍，俱被穿透五臟六腑）從半空中落下的一輛牛車。車簾被地獄風吹起，裏面一個渾似偏宮或貴妃樣的盛裝侍女在火海中長髮飄拂、玉頸反轉，痛苦不堪。侍女的形象也罷，即將燒盡的牛車也罷，無不使人痛感煉獄的大苦大難。不妨說畫面的所有慘厲盡皆聚於此人一身。筆法出神入化，見之耳畔如聞淒絕的呼喊。

哦，對了，正是為了畫此圖景才發生那樁悲慘的故事。否則，良秀縱使再身懷絕技也無法把地獄苦難畫得如此活靈活現。他為完成這幅屏風付出了喪身殞命的悽慘代價。可以說，畫幅上的地獄即是本朝第一畫師良秀自行墜入的地獄。

或許我因急於述說這奇特的地獄變屏風而顛倒了故事的順序。下面就回過頭來，接着說這位受老殿下之命而畫地獄圖的良秀。

七

自此五六個月時間裏，良秀從未進府，一頭扎進屏風畫的創作之中。說來也真是不可思議，那般視子如命之人一旦拿起畫筆，竟也斷了兒女心腸。據上面提及的弟子的說法，此人每當揮筆作畫，便彷彿有狐仙附身。實際上時人也風傳良秀所以成為丹青高手，乃是由於曾向福德大神發誓許願之故。甚至有人作證，說一次從隱蔽處偷看正在作畫的良秀，但見數隻靈狐影影綽綽，圍前圍後。故其一旦提筆作畫，心中便只有畫幅，其他一概置之度外。並且日以繼夜蜷居一室，極少出門露面。而創作地獄變屏風更是有過之而無不及。

這裏所說的閉門創作，並非指他白天也落下木板套窗，在高腳油燈下擺好秘製畫具，令弟子穿上朝服或皂衣等各式服裝，逐一細細摹畫——如此的別出心裁，即使在沒畫地獄變屏風的平時他也隨時做得出來。就以他為龍蓋寺畫五趣生死圖那次為例，他悠然自得地坐在常人避而不視的路旁死屍跟前，毫髮畢現地將幾近腐爛的面孔手足臨摹一番。那股走火入魔的勁頭，一般人怕是很難想像是怎樣一種光景。這裏無暇一一細說，僅把主要情節說與諸位知道。

一日，良秀的一個弟子（仍是前面提及的那位）正在溶顏料，師父突然來找：

「我想睡會兒午覺，可近來總做噩夢。」

這亦無足為奇，弟子並未停手，隨口應了一句：

「是嗎？」

豈知良秀一反常態，現出淒寂的神情，頗為客氣地求道：

「所以，想求你在我午睡時坐在枕邊，好麼？」

弟子很感蹊蹺，師父竟破天荒地計較起夢境來了！好在並非甚麼難事，一口應承下來：

「好的。」

「那，就馬上到裏邊來吧。只是，要是再有弟子來，別放進我睡覺的地方。」

師父仍顯放心不下，遲疑不決地吩咐道。

這也難怪。因為此人作畫的房間，大白天也一如夜晚關門閉戶，點着一盞若明若暗的油燈，四周圍着僅用炭筆勾勒出大致輪廓的屏風。到得這裏，良秀以肘為枕，活像一個勞累過度的人安然睡了過去。不出半個時辰，枕旁的弟子耳畔傳來無法形容的恐怖聲音。

八

起始僅僅是聲音。未幾，漸漸變成斷斷續續的語聲，彷彿即將溺水之人的呻吟：

「甚麼，叫我下去？——去哪裏，——叫我去哪裏？下地獄來！下地獄來！——是誰？誰在這麼説話？——你是誰？——我以為是誰呢……」

弟子不由止住溶顏料的手，偷窺似的戰戰兢兢看着師父的臉。皺紋縱橫的臉上一片蒼白，且滲出大粒汗珠，嘴唇乾裂，牙齒疏落的口腔透不過氣似的大大張開。口中還有一個物件像被甚麼細繩牽引着動得令人眼花繚亂——原來竟是他的舌頭！斷斷續續的語聲是由這舌頭鼓弄出來的。

「以為是誰呢？——唔，是你！我就猜出是你。甚麼？接我來了？下來！下地獄來！——女兒在地獄、地獄等着呢！」

此刻，弟子眼前像有奇形怪狀的陰影掠過屏風蜂擁而來，一時心驚膽戰。無須説，弟子立即拚出全身力氣搖晃良秀。但師父兀自夢囈不止，全無醒意。弟子於是咬了咬牙，舉起身旁洗筆水「嘩」一的一聲朝師父臉上潑去。

「正等你呢，乘車下來，快乘這車下到地獄來……」

説到此處，轉而發出喉嚨被扼般的呻吟，總算睜開眼睛，如臥針氈似的慌忙一躍而起。然而夢中的妖魔鬼怪好像尚未撤離眼簾，好一會兒仍張大嘴巴，目不轉睛，驚魂未定。乃至看樣子清醒過來，這回卻冷冰冰地拋下話道：

「好了，走吧走吧！」

弟子明白此時若是頂撞，必遭斥責無疑，匆匆逃離師父房間。出門見得明晃晃的陽光，這才舒了口氣，恰如噩夢初醒。

事情若到此為止倒還沒有甚麼。但大約過了一個月光景，另一弟子又被專門喚了進去。良秀仍在幽暗的油燈光下口銜畫筆。忽然，朝弟子轉身下令：

「辛苦一下，再把身子脱光！」

以前師父便動輒有此吩咐，弟子便迅速脱去衣服，一絲不掛。良秀奇妙地皺起眉頭：

「我想見識一下被鐵鏈捆綁的人，對不起，就委屈一會兒任我處置好了，嗯？」

他語氣甚是冷淡，全無歉疚之意。

那弟子原本就是要大刀較之拿畫筆更適合的壯小夥子，不過此時到底露出驚愕。事後提起，每每重複説：「我還以為師父發瘋了要弄死我咧！」良秀見弟子磨磨蹭蹭，大概有些急了，不知從何處嘩啦啦抽出一條細鐵鏈，以餓虎撲食之勢靠住弟子後背，不由分説地反擰雙臂，來了個五花大綁，且拉起鏈頭狠狠拽動，弟子叫苦不迭。而後順勢一把將弟子「嗵」的一聲推倒在地。

九

弟子當時的狼狽相，不妨說恰似一隻翻倒的酒罈。由於手腳扭曲得一塌糊塗，能活動的只有腦袋。加之大塊頭身體中的血液循環因鐵鏈而受阻，無論面部還是胴體全都滲出紫紅色。良秀則似乎不以為然，圍着這酒罈狀身體走來走去看個不止，勾勒了好幾張同樣的素描。而這時間裏弟子是何等苦不堪言，自然無須特意交代。

若無其他變故，這苦難恐怕還將持續下去。所幸（或許應稱為不幸）為時不久，房間角落一把壺的陰影裏淌出一道液狀物，細細彎彎，渾如黑色的油。起始淌得很慢，似乎黏性極大。繼而爬行開來，越爬越快，後來竟光閃閃地爬至鼻端。弟子見了，不由倒吸一口涼氣，叫道：

「蛇！蛇！」

剎那間，周身血液都彷彿凝固了。這也難怪：冰涼的蛇信差一點兒就要舔到被鐵鏈勒得隆起的脖頸。畢竟事出意外，再蠻橫的良秀也心裏一驚，慌忙丟下畫筆，一閃彎下腰去，飛手提起蛇尾，長拖拖地倒提起來。蛇雖受倒懸之苦，仍抬頭向上，一道道往上纏着，卻無論如何也夠不到良秀的手。

「你這傢伙，害得我畫糟了一筆！」

良秀氣恨恨地嘟囔着，把蛇依舊塞進屋角的壺中，而後老大不情願地解開弟子身上的鐵鏈。也僅僅解開而已，連一句安慰話也沒賞給這寶貝弟子。大概較之弟子險遭蛇咬，自己畫糟的那一筆更令他苦惱。事後聽説，那蛇也是他為了寫生而特意飼養的。

只聽此一兩件事，諸位想必即可知曉良秀這近乎發瘋的可怕執着。最後還要補充一樁。這回倒霉的是年方十三四歲的弟子，為這地獄變屏風幾乎丟了性命。此弟子天生白皮嫩肉，女子模樣。一天夜裏，被師父隨口叫進屋去。見良秀在高腳油燈下正用手心托住一塊有腥味的生肉餵一隻陌生的鳥。鳥的大小差不多如世所常見的貓。對了，無論耳朵一般豎起的兩側的羽毛，還是琥珀樣的顏色抑或圓圓的大眼睛，看上去都頗像一隻貓。

十

良秀這個人原本就最討厭別人對自己所為多嘴多舌。也不單單是上面所説的蛇，自己房間的任何東西都不曾説與弟子知道。桌面上或放着骷髏，或擺着銀碗和帶泥金畫的高腳木盤，每次都因繪畫需要而不斷花樣翻新。至於東西放在何處從來無人知曉。所以有人議論說他受到福德大神的暗中幫助，恐怕也是由此而來的。

故而，弟子猜想桌上這隻怪鳥也必是用來畫地獄變屏風的。想着，到得師父跟前畢恭畢敬地詢問有何吩咐。良秀則完全一副充耳不聞的樣子，舔舔紅嘴唇，用下巴頦指着怪鳥道：

「如何？一點也不怕人吧？」

「這鳥叫甚麼鳥呢？我還從來都沒見過。」弟子邊說邊惶惑地打量這長耳朵的貓一樣的鳥。

良秀一如平日的冷嘲熱諷的語氣道：

「甚麼，沒見過？城裏人就是不中用。這叫貓頭鷹，是兩三天前鞍馬一個獵手送給我的。不過，這麼不怕人的倒可能少見。」

說着，良秀緩緩抬手，從下往上輕輕撫摸剛吃完食的鳥的背上羽毛。就在這一摸之間，鳥突然一聲短促的尖叫，霍地從桌面起，張開兩爪猛然朝弟子臉上抓來。如果此時弟子不慌忙以袖掩面，肯定留下一兩處疤痕。弟子驚叫着揮袖驅趕。貓頭鷹乘勢攻擊嘴裏叫着又是一啄，弟子也忘了是在師父面前，或站起抵擋，或蹲下撲打，只管在這狹小的房間抱頭鼠竄。怪鳥亦隨之忽高忽低，一有空當便直朝眼睛啄來。而每次都可怕地啪啪扇動翅膀，或如落葉紛飛或似瀑布飛濺或發出酒糟氣味，總之誘發出一種莫可言喻的怪誕氛圍，令人悚然駭然。這麼着，那昏暗的油燈光亮都彷彿朦朧的月光，師父房間成了深山老林中妖氣瀰漫的峽谷，令人心驚肉跳。

但使弟子害怕的並不僅僅是貓頭鷹的襲擊，更使其汗毛倒立的，是師父冷冷面對騷亂而徐徐展紙舔筆描繪這文靜少年慘遭怪鳥啄食的恐怖場面的光景。弟子瞥了一眼，當即感到大難臨頭。實際上他當時也真以為可能死於師父之手。

十一

其實，死於師父之手也並非完全沒有可能。那天晚上良秀故意把弟子叫去，就大概沒安好心。所以才唆使貓頭鷹發動襲擊，而將弟子狼狽逃竄的情形摹畫下來。因此之故，弟子只覷了師父一眼便不由得雙袖護頭，發出自己也莫名其妙的哀鳴，就勢蹲在屋角拉門下再不敢動。這當兒，良秀也好像發出一聲驚叫立起身來，貓頭鷹旋即變本加厲地扇動翅膀，四下傳來物體翻倒破裂般的刺耳聲響。弟子再次大驚失色，禁不住抬起低俯的頭看去：房間裏不知何時已漆黑一團，師父正火燒火燎地呼叫其他弟子。

稍頃，一個弟子從遠處應了一聲，拿燈急急趕來。藉着昏暗的燈光一看，原來高腳燈早已倒了，地板上榻榻米上灑滿燈油；而剛才那隻貓頭鷹正痛苦地撲棱着一隻翅膀在地上翻滾。良秀在桌子對面半立半坐，畢竟也驚得呆了，嘴裏不知所云地嘰嘰咕咕。這也是理所當然，原來那貓頭鷹身上居然纏着一條漆黑的蛇，從脖子一直纏到一隻翅膀，纏得結結實實。大約是弟子蹲下時碰翻了那裏的罈子，蛇從裏面爬出，貓頭鷹攻擊失手，以致鬧出了一場大亂。兩個弟子對視一眼，茫然看了一會這哭笑不得的光景，而後對師父默然一禮，悄然抽身退下。至於貓頭鷹後來如何，誰也無從得知了。

這類事之外還有幾樁。前面忘說了一句，受命畫地獄變屏風時是初秋，其後至冬末期間，良秀的弟子們始終受到師父怪異舉止的威脅。時屆冬末，良秀大概因為屏風畫的創作未能得心應手，精神比以前更加抑鬱，言談也明顯粗暴起來。屏風畫的底圖此時也只是完成八成，再無任何進展。看情形，就連已經完成的部份都好像不惜一筆勾銷。

關於屏風畫的創作何以受阻，誰都不曉得而且也不想曉得。遭遇上述種種折磨的弟子們恰如與虎狼同穴，無不想方設法從師父身旁躲開。

十一

因此，這段時間裏沒有甚麼可以交代的事。勉強說來，就是那個剛愎自用的老頭子竟不知何故變得多愁善感，時常在無人處獨自落淚。尤其是某日一個弟子因事來到庭前時，發現站在走廊裏怔怔仰望春日將至的天空的師父兩眼充滿淚水。弟子見狀，反而自覺有些難為情，一聲不響地悄悄退回。為畫五趣生死圖連路旁死屍都寫生不誤的我行我素之人，居然為屏風畫進展不順這區區小事而孩子似的哭泣，實乃天下奇聞。

另一方面，就在良秀為這屏風畫而如醉如癡魂不守舍之時，他女兒也不知為何而日趨悶悶不樂，後來甚至在我等面前都眼噙淚花。她原本就生得眉宇含愁，膚色白皙，舉止嫻靜，這樣一來，睫毛似也變得沉沉下垂。眼圈陰翳隱約，更使人覺得楚楚可憐。起始猜測雖多，但多以為是思父情切或春心萌動之故。不久，開始有人議論是因為老殿下企圖使其就範。從此人們便像忘個精光，再不對少女說三道四。

事情發生在這個時候。一天夜半更深，我一個人通過走廊時，那隻叫良秀的小猴不知從哪裏突然竄出，一下又一下地拖我的褲腳。記得是個梅花飄香月色朦朧的暖夜。藉月光看去，小猴齜出白晶晶的牙，鼻頭堆起皺紋，發瘋似的沒好聲叫個不停。我心裏三分發慌，加上新褲被拖的七分氣惱，本想踢開小猴徑自離去。但一來回想起上次一個侍從因打猴惹得小殿下不快，二來小猴的動作有一些奇怪，便改變主意，似走非走地往被拖方向走了一兩丈遠。

當我拐過一段迴廊，走到月色下亦能整個看到樹影婆娑的松樹對面的瑩白色湖面時，事情發生了。附近一個房間裏彷彿有人廝扭，聲音急促而又份外壓抑地敲打我的耳鼓。周圍萬籟俱寂，月色如霧如靄，除了魚躍的聲響再不聞任何動靜。如此時刻發生廝扭聲，使我不由止住腳步，暗想若有人為非作歹，定要給他點厲害看。我屏息斂氣，躡手躡腳藏在拉門外面。

十三

可是，或許小猴嫌我的做法不夠果斷，這良秀猴急不可耐似的圍着我腳下跑了兩三圈，旋即發出喉嚨被扼般的叫聲，一下子跳上我的肩頭。我不禁扭過頭去。小猴怕爪子被抓，又咬住我的衣袖，以防從我身上掉下。於是我不由自主地順勢踉蹌了兩三步，拉門隨之重重地撞在我的後背。事既至此，已不容我再有片刻猶豫。我立即拉開拉門，剛要跳進月光照不到的深處，一個物體遮住了我的眼睛。不，應該說是被同時從房間裏飛奔而出的一個女子嚇了一跳。女子險些和我撞個滿懷，乘勢往外閃出。卻又不知何故跪下身去，像看甚麼可怕東西似的戰戰兢兢向上看着我的臉，氣喘吁吁。

不消說，這便是良秀女兒。只是這天夜晚少女看上去甚是容光煥發，與平時判若兩人。眼睛睜得很大，閃閃生輝。臉頰也燒得通紅。而且衣裙凌亂不堪，平添了幾分一反常態的冶艷。難道這就是那般嫻靜孱弱、遇事只知忍讓的良秀女兒？我靠着拉門，望着月光下嫵媚動人的少女，像指甚麼東西似的手指倉皇遁去的一個人的足音方向，用眼神靜靜詢問是誰。

少女咬住嘴唇，默然搖頭，顯得十分委屈。

我彎下腰，貼在少女耳邊低聲問：「誰？」少女仍然只是搖頭不答。長長的眼睫毛下滿是淚水，嘴唇咬得更緊了。

我生來愚鈍，除了顯而易見的事以外一概渾然不覺，便再也不知如何搭話，良久佇立不動，唯覺像在傾聽少女的胸悸。當然，也是因為這裏邊含有我不便也不好意思繼續追問的情由。

如此不知過了多久。後來我合上打開的拉門，回頭看着略顯鎮靜的少女，盡可能以柔和的聲音叫她回房休息。而我自己也好像碰見了不該目睹的東西，忐忑不安而又無端歉然地悄悄折回原路。走不到十步，又有誰從後面顫顫扯我的褲腳。我愕然回頭。諸位以為是何人何物？

原來是那個小猴良秀在我腳下像人一樣雙手拄地，晃着小金鈴恭恭敬敬地向我磕頭呢！

十四

此後大約過了半個月，良秀一天突然來府請求直接謁見老殿下。他雖然身份卑微，但也許平日老殿下即對其青眼有加，任何人都難得一見的老殿下這天竟一口應允，傳令速速進見。良秀照舊穿一件淺黃色長袍戴一頂三角軟帽，神情到底比往日更加愁眉不展。肅然跪拜之後，稍頃便以嘶啞的聲音開口道：

「很久以前受命畫的那幅地獄變屏風，由於我日夜盡心竭力，終於勞而有成，基本構圖業已完畢。」

「可喜可賀，我也就放心了。」

不過，如此應答的老殿下語氣裏，不知為何，總好像有點兒頹唐和失意。

「不，根本談不上可喜可賀。」良秀不無慍怒地俯下眼睛，「構圖固然完成了，但現今有一處我無論如何也畫不出來。」

「有一處畫不出來？」

「是的。說起來，我這人大凡沒見過的便畫不出來。即使畫也不能得心應手，也就等於畫不出來。」

聽得此語，老殿下臉上浮現出嘲諷的微笑：

「如此說，要畫地獄變屏風，就非得看地獄不可嘍?!」

「正是。不過，前年發生大火時我親眼看過那場恰如煉獄猛火的火勢。『烈火金剛』的火焰，其實也是在遇到那場火災之後才畫出的。那幅畫想必您也是知道的。」

「可是罪人怎麼辦？地獄裏的小鬼莫非你也看過？」老殿下彷彿根本沒聽良秀所言，兀自繼續發問。

「我看過鐵鏈捆綁的人，遭怪鳥攻擊的形象也已一一摹畫下來——罪人受苦受難的情景也不能說我不知道。至於小鬼……」良秀沁出一絲可怖的苦笑，「小鬼也好多次在我似睡非睡當中出現在眼前。或牛頭，或馬面，或三頭六臂，全都拍着不發音的手，張着不出聲的嘴，可以說幾乎日日夜夜前來折磨我——我畫不出來的，並不是這些。」

對此，雖老殿下怕也為之驚愕。老殿下焦急地瞪着良秀的臉。俄頃，眉毛急劇抖動，厲聲拋下話來：

「你說不能畫的是甚麼？」

十五

「我是想在屏風正中畫一輛正從半空中落下的檳榔車[5]。」說到這裏，良秀才目光炯炯地盯視老殿下的臉。據說此人一說到繪畫便如走火入魔一般。此刻那眼神便果然有一種咄咄逼人的光束。

「車上一個衣着華麗的貴妃在烈火中披散着滿頭黑髮痛苦掙扎。面部大約被煙嗆得眉頭緊皺，仰臉對着車篷。手裏拽着車簾，大概是想抵擋雨點一樣落下的火花。四周一二十隻怪模怪樣的老鷹，啼叫着上下翻飛。就這個，就是這牛車上的貴妃，我死活也畫不出來！」

「那，你想怎麼着？」不知為甚麼，老殿下竟奇異地現出喜悅神色，催促良秀。

良秀發高燒似的顫抖着嘴唇，以近乎夢囈的語調再次重複一句：

「我就是畫不出來！」隨即撲咬似的叫道：「請在我面前點燃一輛檳榔車！要是可以的話……」

老殿下始而沉下臉來，繼而一陣放聲大笑，直笑得上氣不接下氣：

「噢，一切都按你說的辦好了！沒甚麼可以不可以的。」

聽得老殿下口出此語，我總覺得——大概出於預感——事情凶多吉少。實際上老殿下的樣子也非同小可，活像傳染上了良秀的瘋癲，嘴角堆起白沫，眉端閃電似的抽搐不已。而且話音甫落，又以天崩地裂之勢扯開喉嚨大笑不止。邊笑邊道：

「好，就給你點燃一輛檳榔車，就讓一個漂亮女子穿上貴妃衣裳坐在車內，就叫她在濃煙烈火中痛苦死去——不愧天下第一畫師，竟想到這種場面！應該獎賞，嗯，應該獎賞啊！」

聽老殿下如此說罷，良秀陡然失去血色，只是哮喘似的哆嗦着嘴唇。未幾，一下子癱瘓在榻榻米上，以低得難以聽清的聲音恭敬地說道：

「多謝殿下恩典！」

想必是自己設想中的駭人光景因老殿下的話語而活生生地浮現在他的眼前。一生中我唯獨這一次的此時此刻覺得良秀很有些可憐。

十六

兩三天後的夜晚。老殿下如約宣良秀來到燒車的地方，令他靠近觀看。當然不是在堀川府第，是在老殿下妹妹以前住過的京城郊外一座名叫雪融御所的山莊。

這雪融御所是個久無人居的所在，寬敞的庭院雜草叢生，一片荒蕪。大概也是見此淒涼光景之人的憑空杜撰吧，就連在此逝去的老殿下妹妹身上也出現了不三不四的傳聞。還有人說即使現在月黑之夜也每每有粉紅色長裙腳不沾地在走廊移動。這也並不奇怪，畢竟每屆日暮時分，白天都闃無人息的御所愈發陰森可怕，園中入口溪流的聲響格外抑鬱，星光下翩然飛舞的五位鷺也好像甚麼怪物。

偏巧，這仍是一個黑漆漆的無月之夜。藉大殿油燈光亮望去，靠近檐廊坐定的老殿下身穿淺黃色寬袍深紫色挑花裙褲，昂然坐在鑲着白緞邊的圓草墊上。前後左右有五六名侍從小心侍候，這無須贅述。要提的只是其中一位眼神都煞有介事的大力士。此人自前幾年陸奥之戰中餓食人肉以來，力氣大得足以折斷活鹿角。此時正身披鎧甲，反挎一口大刀，威風凜凜，端坐廊下。凡此種種，在夜風搖曳的燈光之中，或明或暗，如夢如幻，森森然而淒淒然。

停在院內的那輛檳榔車，華蓋凌空，翼然遮暗。牛則並未套入，黑色車轅斜架榻上，銅釘等物宛若星辰，閃閃爍爍。目睹此情此景，雖在春日亦覺身上陣陣生寒。當然，車廂由於被鑲邊藍簾封得嚴嚴實實，裏面有甚麼自是無從知曉。四周圍着手執火把的家丁，目視往檐廊飄去的青煙，個個小心翼翼，心照不宣。

良秀稍稍離開，正對檐廊跪坐，身上仍是平素那件深黃色長袍，頭戴萎縮的三角軟帽。形容枯槁寒傖，身形矮小猥瑣，竟像給星空壓癟了一般。身後坐着一個同樣裝束的、大約是他帶來的弟子。兩人偏巧都坐在遠處昏暗之中，從我所在的檐廊甚至分辨不出服裝的顏色。

十七

時間約近子夜時分。籠罩庭園的黑暗彷彿正屏息斂氣地窺伺眾人的動靜。四下唯有夜風吹過的聲音，松明隨風送來燃燒的煙味兒。老殿下默然盯視這奇異的光景。

良久，向前移了移膝頭，厲聲喚道：

「良秀！」

良秀若有所應。但在我的耳朵裏只像一聲呻吟。

「良秀，今晚就滿足你的願望，把一輛車燒給你看！」

說罷，老殿下朝左右眾人飛掃一眼。這當兒，我覺得——也可能是我神經過敏——老殿下同身旁侍從之間交換了別有意味的微笑。良秀此時戰戰兢兢抬頭向檐廊上看了看，話仍未出口。

「看清楚些！那可是我平時坐的車！你也該有印象。我馬上把車點燃，讓地獄烈火出現在你面前！」老殿下再次止住話頭，朝身旁侍從遞了個眼色。隨即換上極為難受似的語調：「裏面五花大綁一個犯罪的侍女。車起火後，侍女肯定燒得皮焦肉爛，痛苦萬狀地死去。對你完成屏風畫來說，這可是再好不過的典型。冰肌雪膚一團焦煳，滿頭秀髮揚起萬點火星——你要睜大雙眼，不得看漏！」老殿下三緘其口。卻不知想起了甚麼，晃着雙肩無聲笑道：「亙古未有的奇觀啊！我也一飽眼福！來啊，捲起車簾，讓良秀看看裏邊的女人！」

話音剛落，一個家丁一手高舉松明，大步流星走到車前，另一隻手一下子撩起車簾。燃燒的松明發出刺耳的畢剝聲，高高地躥起紅通通的火舌，把車廂照得亮同白晝。那被殘忍的鐵鏈綁在車板上的侍女——啊，任何人都不會看錯——身穿五彩繽紛的繡有櫻花的唐式盛裝，油黑的頭髮光滑滑地從腦後披下，斜插的金釵璀璨奪目。雖衣着不同，但那小巧玲瓏的身段，那被堵住的小嘴和脖頸，那透出幾分淒寂的側臉，顯然是良秀女兒無疑。我幾乎失聲驚叫。

就在這時，我對面的武士慌忙起身，手按刀柄，目光炯炯瞪住良秀。我愕然看去，良秀多半為眼前光景失去了自控力，飛也似的跳起身，兩手依然向前伸着，不由自主地朝車奔去。不巧的是——前面已經說過——由於他在遠處陰影之中，面部看不清楚。但這不過是一瞬之間，良秀失去血色的臉，不，良秀那彷彿被無形的魔力吊往空中的身體倏然穿過黑暗真真切切浮現在我的眼前。剎那間，隨着老殿下一聲「點火」令下，家丁們投出火把，載有少女的檳榔車於是在紛飛的松明中熊熊燃燒起來。

十八

大火轉眼間包攏了車篷。篷檐的流蘇隨風颯然掠起。裏面，只見夜幕下亦顯得白濛濛的煙霧蒸騰翻捲，火星如雨珠亂濺，彷彿車簾、衣袖和車頂構件一併四散開來，場面之淒絕可謂前所未有。不，更為淒絕的是火焰的顏色——那張牙舞爪挾裹着兩扇格木車門沖天而起的熊熊火光，恰如日輪墜地天火騰空。剛才險些驚叫的我此時魂飛魄散，只能瞠目結舌地茫然對着慘烈的場景。

作為父親的良秀又如何呢？

良秀當時的表情我現在也不能忘記。不由自主朝車前奔去的良秀，在火焰騰起之際立即止住腳步，雙手依然前伸，以忘乎所以的眼神如醉如癡地注視着吞沒篷車的大火。他渾身沐浴火光，皺紋縱橫的醜臉連鬍鬚末梢都歷歷可見。然而，無論那極度睜大的眼睛，還是扭曲變形的嘴唇，抑或頻頻抽搐的臉頰，都分明傳遞出良秀心中交織的驚恐和悲痛。縱使砍頭在即的強盜，或被押到十王廳的惡貫滿盈的兇犯，恐怕也不至於有如此痛苦的表情。就連那力可拔山的大力士也不禁為之動容，惴惴不安地仰望老殿下。

老殿下則緊咬雙唇，不時露出陰森森的微笑，目不轉睛地朝車那邊看着。那麼車裏呢？啊，我實在沒有勇氣詳細述說車上的少女是怎樣一種光景。那被煙嗆得白慘慘的面龐，那隨火亂舞的長飄飄的秀髮，那轉瞬化為火焰的美艷艷的櫻花盛裝——所有這些是何等慘不忍睹啊！尤其每當夜風向下盤旋而煙隨風披靡之時，金星亂墜的紅通通的火焰中便閃現出少女咬着堵嘴物而始終拚命掙脱鐵鏈時那痛苦扭動的情形，令人覺得地獄的大苦大難活生生展現於眼前。不光我，就連那大力士也不寒而慄。

當夜風再度「颯」的一聲——我想任何人都聽得見——掠過庭院樹梢馳往遠處漆黑的夜空時，忽然有一黑乎乎的物體不貼地亦不騰空徑直跳入火勢正猛的車中，在木格車門噼裏啪啦塌落當中抱住向後仰倒的少女的肩頭，撕絹裂帛般尖利的叫聲透過漫捲的濃煙傳出，聲音慘痛至極，無可形容。繼而又叫了兩三聲。我們也下意識地一同「啊」的叫出聲來。原來，那背對幔帳一般的火焰抱着少女肩頭的，竟是堀川府上那隻名叫良秀的小猴！至於小猴是從何處如何悄然趕到這裏的，當然無從知曉。但，恐怕正因為平時得到少女的疼愛，小猴才一起跳入火中。

十九

但小猴的閃現僅在一瞬之間，旋即金粉畫般的火星猛地騰空而起，無論小猴還是少女，俱被濃煙吞沒，庭院正中唯獨一輛火焰車發着撕心裂肺的聲響，瘋狂燃燒不止。不，說它是火焰車，不如說是火柱更為合適——那驚心動魄的火焰恰如一根直沖星空的火柱，勢不可擋。

而良秀便面對這火柱凝固似的站着。這是何等不可思議！剛才還在為地獄的慘烈場面驚恐困惑的良秀，此刻那滿是皺紋的臉上浮現出無可名狀的光輝——一種近乎恍惚狀態的由衷喜悅之情。大概忘了是在老殿下面前，他緊緊抱攏雙臂，定定地佇立不動。似乎女兒臨死掙扎的狀態並未映入他的眼簾，他所看到的唯有火焰的美不勝收和女人的痛苦萬狀，從而感到無限心曠神怡。

但奇怪的並不僅僅是良秀面對女兒的最後痛苦而流露的欣喜，還有他表現出來的儼然夢中獅王的雷霆震怒，遠非凡人可及。就連被意外火光驚起而嘩然盤旋的無數夜鳥也不敢飛近良秀三角軟帽的四周。恐怕連無心的禽類的眼睛也看出他頭上光輪一般奇異的莊嚴。

鳥尚如此，何況我等及家丁之輩，更是屏息斂氣，五內俱裂，就像瞻仰開光佛像一般滿懷極度的激情，目不轉睛地看着良秀。然而唯獨一人——唯獨檐廊下的老殿下判若兩人，臉色鐵青，嘴角泛沫，雙手狠狠抓住紫色裙褲的膝部，宛如飢渴的野獸喘息不止。

二十

老殿下這天夜裏在雪融御所焚車一事，不知經何人之口傳到世間，一時街談巷議沸沸揚揚。首先猜測的是老殿下何以燒死良秀之女，而大多認為是出於洩慾未果導致的老羞成怒。不過我想，老殿下所以如此，用心定然是為懲戒這個為畫一幅屏風而不惜燒車焚人的畫師的劣根性。實際上我也聽老殿下如此說過。

其次往往提及的便是良秀的鐵石心腸——即使目睹女兒被燒也要畫那個甚麼屏風！還有人罵他人面獸心，竟為一幅畫而置父女之情於不顧。橫川的僧官們也贊同此種說法。其中一位這樣說道：「無論一技之長如何出類拔萃，大凡為人也該懂得人倫五常，否則只能墜入地獄！」

此後大約過了一個月，良秀終於畫好屏風，當即帶進府來，畢恭畢敬地獻給老殿下過目。其時正好僧官們也都在場，看罷一眼屏風，到底在這幅鋪天蓋地的凶焰烈火面前大為震驚，一改剛才還苦着臉冷冷審視良秀的神色，情不自禁地雙膝着地，連連口稱「傑作」。聽得此言，老殿下苦笑了一下——那樣子我至今仍記得。

自那以後，至少府內幾乎再無人説良秀的壞話。在這幅屏風面前，無論平時多麼憎惡良秀的人都會奇異地肅然起敬，痛切感受到地獄的深重苦難。

不過此時良秀已不在這個人世了。畫完屏風的第二天夜裏，他在自己房間樑上掛了條繩，自縊死了。大概在失去獨生女兒之後，他已無法再心安理得地活下去了。屍體至今仍埋在他家的舊址。當然，那塊小小的墓碑經過幾十年風吹雨打，想必早已長滿青苔，無法辨認是往昔何人之墓了。

註釋：

[1] 亦稱「地獄變相圖」。據日本學者考證，此題材用「地獄變」之名，始自我國唐代的吳道子。

[2] 五大明王之一，三頭六臂，以白牛為騎。

[3] 日本舊諸侯國之一，位於今京都府中部和兵庫縣東部一帶。

[4] 均為日本平安初期畫家。

[5] 日本古代貴族乘坐的一種牛車，上面覆以剪成穗狀的檳榔樹葉。

蛛絲

一

一日，釋迦佛祖圍着極樂蓮池獨自踱步。池中開的蓮花無不潔白如玉，正中間金色的花蕊不斷向四周漾溢無可言喻的芳香。大約正是極樂世界的清晨。

少頃，釋迦佛祖在池邊立定，從遮蔽水面的蓮葉間驀然俯視下面的情景。這極樂蓮池的下面正是地獄的底層，透過水晶般的水，可以清楚看見三途河[1]和刀山景象，恰如窺看透視鏡一般。

但見一個叫犍陀多的漢子正和其他罪人一起蠕動。犍陀多這個人又是殺人又是燒房子幹了許許多多壞事，是個大盜。但佛祖記得他又做過一件——僅僅一件——善事：一次從深山密林中穿行時，看見一隻小蜘蛛在路旁爬動。犍陀多當即抬腳要把它踩死，又轉而想道且慢且慢，雖説小，卻是一條性命。隨便剝奪牠的性命，無論如何都夠可憐的。於是他放過了這隻蜘蛛。

釋迦佛祖俯視地獄時間裏，記起了犍陀多放生蜘蛛這件事，並且心想：他畢竟做了一件善事，如果可能，還是把他從地獄中救出來吧。幸好往旁邊一看，翡翠色的蓮葉上有一隻極樂蜘蛛正在拉美麗的銀絲。佛祖輕輕提起那條蛛絲，從玉一般晶瑩的白蓮之間筆直地遙遙垂向下面的地獄底層。

二

這裏是地獄底層的血池，犍陀多和其他罪人一起忽而浮起忽而沉下。無論往哪邊看都漆黑一片，偶爾從黑暗中隱約浮上來的，只是刀山的刀尖光閃，就別提多麼令人膽寒了。而且四下如墳墓一樣闃無聲息，偶爾聽到的，唯獨罪人微弱的嘆息。落到這裏來的人們，早已被各種各樣的地獄苦難折磨得筋疲力盡，大概連發出哭聲的力氣都沒有了。所以，即便大盜犍陀多也同樣被血池的血嗆得透不過氣，就好像垂死的青蛙，徒然掙扎而已。

事情發生在某一時刻。犍陀多無意間抬起頭，仰望血池上方的天空，發現靜悄悄的黑暗中有一條銀色蛛絲從遙遠的天上迅速朝自己頭上垂來，犍陀多不由得拍手歡喜。只要抓住蛛絲一直攀援上去，肯定能脫離地獄。不，如果幸運，進入極樂世界甚至都有可能。那樣一來，既不會被趕到刀山上去，又可避免沉入血池中。

想到這裏，犍陀多急忙用雙手緊緊抓住那條蛛絲，開始拚命攀援，不斷向上、向上。本來就是大盜，這種事早已得心應手。

但是，地獄同極樂世界之間相距不知幾萬里，無論怎麼焦急，都無法輕易爬上去。爬了一陣子，犍陀多也終於筋疲力盡，一把也爬不動了。別無他法，只好稍事歇息，懸在蛛絲中間遠遠往下面看去。

這才得知，拚命攀援沒有白費，剛才自己所在的血池不知何時已隱沒在黑暗的底端。微光閃爍的恐怖的刀山也已位於腳下。如此爬上去，脱離地獄也可能意外容易。犍陀多雙手握住蛛絲，以來此之後好幾年都沒發出的聲音笑道：「太好了，太好了！」不料忽然之間，他發覺蛛絲下端有無數罪人簡直像一隊螞蟻跟在自己後面同樣攀援不止，一心向上、向上。犍陀多見了，又驚又怕，只管像傻瓜一樣久久張大嘴巴，唯獨眼珠轉動。自己一個人爬都險些斷掉的這條細蛛絲如何能承受那麼多人的重量？萬一中斷，好歹爬到這裏的關鍵的自己本身也必然大頭朝下落回原來的地獄。果真那樣，就非同小可。而就在這時間裏，幾百幾千之多的罪人們仍從漆黑漆黑的血池中緩緩蠕動着向上爬——在閃着細微光亮的蛛絲上列為一隊一個勁兒攀援。若不當機立斷，蛛絲肯定從正中間斷開，自己隨之掉下。

於是，犍陀多大聲喊道：「喂，罪人們，這條蛛絲是我的！你們到底問過誰爬上來的？下去，快下去！」

就在這時，原本好端端的蛛絲突然從犍陀多懸浮的地方「噗」一聲斷開。因此，犍陀多也措手不及，轉瞬之間像陀螺一樣滴溜溜迎風打轉，眼看着大頭朝下跌入黑暗的底層。

剩下的，唯有極樂蛛絲閃爍着纖細的光在星月皆無的空中短短地懸垂着。

三

釋迦佛祖站在極樂蓮池的岸邊，將這一切從頭至尾看在眼裏。不久，犍陀多如一塊石頭沉入血池之中。佛祖隨即現出悲戚的神情，又開始慢慢踱步。犍陀多只想自己脱離地獄那缺乏慈悲的心受到相應的懲罰，跌回原來的地獄——在釋迦佛祖眼裏，大概顯得猥瑣而又可憐。

然而，極樂蓮池的蓮花毫不理會這等事。潔白如玉的花朵在釋迦佛祖的腳邊緩緩搖來晃去，正中間金色的花蕊不斷向四周漾溢無可言喻的芳香。極樂世界已時近中午了。

註釋：

[1] 傳説中罪人死後必涉之河。

橘

冬天一個陰沉沉的黃昏。我坐在橫須賀駛發的上行線二等列車的角落裏，呆呆等待發車的笛聲。稀奇的是，早已亮起電燈的車廂除了我別無乘客。窺看外面，昏暗的月台上今天也少見地連個送行的人也沒有。只有關在籠子裏一隻小狗不時傷心地叫一聲。而這些同我那時的心緒竟那般吻合，吻合得不可思議。我腦海中難以言喻的疲勞和倦怠投下宛如雪雲密佈的天空那樣沉沉的陰影。我雙手插進外套口袋一動不動，甚至掏出口袋裏的晚報的精神都提不起來。

不久，發車笛響了。我心裏生出一絲寬慰，頭靠後面的窗框，似等非等地等待眼前的車站緩緩後退。不料，開車前忽一陣刺耳的短齒木屐聲從剪票口那邊傳來。稍頃，我乘坐的二等車的門連同列車員的呵斥聲，「咣啷」一聲開了，一個十三四歲的小姑娘慌慌張張闖了進來。與此同時，列車沉重地晃了一下，徐徐開動了。一根根切開視野的月台立柱、彷彿被遺忘的運水車，以及向車廂裏給小費的某人致謝的紅帽子搬運工——所有這些都在撲打車窗的煤煙中戀戀不捨地向後面倒去。我終於舒了口氣，點燃一支煙，這才抬起懶洋洋的眼瞼，瞥了一眼坐在對面席位的小姑娘。

沒有光澤的頭髮向後梳成兩個圓圈，滿是橫向皸裂的兩頰通紅通紅的，甚至紅得令人不悅，一個典型的鄉下女孩兒。而且，垂着污痕斑斑的淡綠色圍巾的膝部放一個很大的包袱。摟着包袱的長了凍瘡的手不勝珍惜地緊緊攥着一張三等紅色車票。我不中意女孩兒俗氣的臉形。此外她衣着的不潔同樣讓人不快。最後，就連二等和三等的區別也分不清的愚鈍也令我氣惱。所以，也是因為心情上想忘掉這個小姑娘的存在，點燃香煙的我這回把衣袋裏的報紙不經意地攤開在膝頭上。這時，落在晚報版面上的天光突然變成了電燈光，幾欄印得不清楚的鉛字意外鮮明地浮現在我的眼前。不用說，列車進入了有很多隧道的橫須賀線的第一條隧道。

但是，看遍給電燈光照亮的晚報所有版面，也還是排遣不掉我的煩悶，世間發生的清一色是再平凡不過的瑣事。媾和問題、新娘新郎、瀆職事件、訃告——在列車進入隧道的一瞬間，我一面產生一種列車彷彿往相反方向行駛的錯覺，一面幾乎機械地一則則瀏覽這些枯燥無味的報道。這時間裏我也對小姑娘以儼然世間鄙俗的化身坐在我面前這點照樣耿耿於懷。隧道中的火車、這個鄉下的小姑娘，以及連篇累牘全是瑣事的晚報——這不是象徵又是甚麼呢？不是費解的、低等的、無聊的人生象徵又是甚麼呢？一切都讓我感到心煩。我把剛看的報紙扔開，又把頭靠在窗框上，像死了一樣閉起眼睛，迷迷糊糊打起盹來。

又有幾分鐘過去了。我驀然覺得被甚麼驚了一下，不由四下環視。原來那個小姑娘不知何時坐來我身邊，再三再四地開啟車窗。但玻璃窗看樣子很重，難以如願。那滿是皸裂的臉頰愈發紅了，不時抽鼻涕的聲音同低微的喘息聲一起急切切傳入我耳裏。不用說，這對我也是能多少喚起惻隱之心的。但是，火車即將進入近隧道口這點，即使從暮色中全是枯草的明晃晃的兩側山坡逼近窗口看來也是顯而易見的。儘管如此，這小姑娘偏偏要把特意關好的窗扇落下去——我不明白她何以如此。在我眼裏，只能看成不過是這小姑娘心血來潮罷了。所以，我心底依然積蓄險惡的感情，以冷酷的眼神望着那雙長凍瘡的手千方百計想抬起玻璃窗的情形，但願她永不成功。很快，火車發出淒厲的聲音闖入隧道，而小姑娘想打開的窗也隨之「啪嗒」一聲落了下去。旋即，夾雜着煤煙的黑色氣浪從這方孔中撲進，剎那間化作令人窒息的煙，滾滾湧滿車廂。本來嗓子就不舒服的我還沒等用手帕捂臉，就被煙撲了一臉，咳嗽得幾乎透不過氣。而小姑娘卻一副滿不在乎的樣子，腦袋伸出窗外，任憑黑暗中吹來的風搖顫着兩個圓圈髮型下面的鬢毛，一動不動地注視火車前進的方向。那身姿在煤煙和電燈光中顯現出來的時候，窗外眼看着明亮起來。假如沒有泥土味兒、枯草味兒和水味兒涼瓦瓦湧進來，好歹止住咳嗽的我肯定把這不相識的小姑娘劈頭蓋腦罵一頓，讓她把車窗按原樣關好。

但火車這時候已輕快地滑出隧道，駛上夾在枯草山坡之間的景象蕭條的城郊一個鐵道口。鐵道口附近一座接一座密密麻麻擠着茅草房和瓦房，無一不顯得窮困潦倒。其間只一面大約是鐵道口值班員揮動的白旗有氣無力地在暮色中搖晃。那時——大約是駛出隧道的時候——我發現冷冷清清的道口柵欄的對面緊挨緊靠地站着三個紅臉蛋男孩兒。個子都矮矮的，就好像給陰暗的天空擠壓的。身上衣服的顏色也同這城郊淒涼的風物一個樣。他們一面仰看行駛中的火車，一面一齊舉起小手，鼓鼓地翹起楚楚可憐的喉結，拚命發出聽不出甚麼意思的喊聲。事情發生在這一瞬間：從窗口探出上半身的那個小姑娘，一下子伸出長凍瘡的手一個勁兒左右揮舞，五六個被太陽染成暖色的令人動心的橘子隨即從天空朝給火車送行的孩子們頭上「啪啪啦啦」落下。我不由屏住呼吸。剎那間恍然大悟，小姑娘——大概外出做工的小姑娘為了慰勞特意來鐵道口送行的弟弟們而把懷裏的幾個橘子從窗口扔了出去。

染有暮色的城郊鐵道口、像小鳥一樣喊叫的三個孩子，以及往他們頭上落去的橘子鮮艷的顏色——這一切都一瞬間在車窗外掠過，但這光景在我的心頭留下了份外清晰的烙印。我意識到，一種不明所以的豁然開朗的心情湧了上來。我昂然抬起頭，就像看另一個人一樣看着那個小姑娘。不覺之間小姑娘已返回我對面的座席，依然把滿是皺皺的臉頰伏在淡綠色毛圍巾裏，摟着大包袱的手裏緊緊攥着一張三等車票……

這時我才得以暫時忘卻難以言喻的疲勞和倦怠，忘卻費解的、低等的、無聊的人生。

舞會

一

事情發生在明治十九年[1]十一月三日晚間。當時十七歲的××家小姐明子和已經禿頭的父親一起登上鹿鳴館樓梯，準備參加今晚在這裏舉行的舞會。明亮的瓦斯燈光照射下的寬敞的樓梯兩側，近似人工製作的大朵菊花結成三層花籬：最裏面的淡紅色、中間的深黃色、最前面的雪白雪白，三色花瓣如流蘇一般開得眼花繚亂。菊籬的盡頭，歡快的管弦樂從樓梯上面的舞廳裏如難以抑制的幸福喘息不停頓地流溢出來。

明子早就受過法語和舞蹈教育。但正式參加舞會則今晚是有生以來第一次。因此，即使在馬車上她也只是心不在焉地回答不時搭話的父親。她的心中便是這樣有一種根深蒂固的不安——一種應該稱為愉快的不安的緊張。一路上她不知有多少次抬起焦慮的眼睛凝視窗外流動的東京城稀疏的燈火。

但進入鹿鳴館之後，她很快遇上一件能使她忘掉不安的事。當她來到樓梯正中間時，兩人追上一位先一步上去的中國高官。不料，這位高官一面側起肥胖的身體讓兩人通過，一面把驚愕的視線投在明子身上。水靈靈的玫瑰色舞服、得體地垂在脖頸的淡藍色蝴蝶結、濃密的秀髮上那朵開得正艷的玫瑰——實際上這天晚上明子的打扮也將開化時期日本少女的嬌美展現得淋漓盡致，足以讓那位拖着長辮子的中國高官瞠目結舌。隨即，一個快步下樓的穿燕尾服的年輕日本人也在同兩人擦肩而過時條件反射似的回了下頭，同樣向明子的背影投以驚愕的一瞥。然後突然想起似的摸了摸白領帶，又在菊花叢中匆匆往門口那邊走去。

兩人上罷樓梯，只見蓄着半白鬢鬚胸前佩戴數枚勳章的伯爵主人站在二樓舞廳門口，同儼然路易十五式裝束的年長的伯爵夫人一起姿態高雅地迎接客人。明子沒有看漏，就連這位伯爵看見她時那張老於世故的臉上一瞬間都好像掠過純粹的驚嘆之色。老實厚道的明子父親興沖沖面帶微笑，將女兒簡單介紹給伯爵夫婦。她交替咀嚼着羞澀和得意。即使這時候她也沉着得足以感覺出高傲的伯爵夫人臉上那一點庸俗之氣。

舞廳裏到處有菊花盛開怒放，美不勝收。而且到處有等待舞伴的女性的裙裾花邊、鮮花和象牙扇等在清爽怡人的香水氣味中如無聲的波濤搖來蕩去。明子馬上同父親分開，同一夥絢麗耀眼的女性合為一處。她們全都是身着同樣淺藍色或玫瑰色舞服的年齡相仿的少女。一見明子過來，她們就像小鳥一陣喧嘩，異口同聲稱讚明子今晚的美麗。

明子剛一進入她們裏邊，一位素不相識的法蘭西海軍軍官當即從哪裏靜靜走近，垂直雙臂恭敬地行以日本禮。明子隱約意識到血色湧上自己臉頰。無須問，她曉得這一禮的含義。於是她歪頭覷了一眼旁邊站着的一位穿淡藍色舞服的小姐，請其代為保管自己手中的扇子。與此同時，法蘭西海軍軍官面頰漾出一絲笑意，意外地用有怪味兒的日語清楚地對她這樣說道：

「請和我一起跳舞好麼？」

稍頃，明子同這位法蘭西海軍軍官跳起了華爾茲舞《藍色多瑙河》。軍官五官端正，蓄着濃黑八字髯，臉頰給太陽曬黑了。明子因個子太矮，很難把戴着長手套的手搭在對方左肩上。但久經舞場的海軍軍官巧妙地帶着她在人群中翩翩起舞。甚至不時在她耳畔用法語説出甜蜜的奉承話。

明子一面對軍官的甜言蜜語報以羞赧的微笑，一面把視線投向兩人跳舞的舞廳四周。在印有皇室徽記的紫色縐綢帷幕和蒼龍張牙舞爪的中國國旗[2]下，無數花瓶裏的菊花或將輕快的銀色或將沉穩的金色閃爍在人浪之間。並且這人浪在猶如香檳酒一般湧起的德國管弦樂那華麗旋律的煽動下一刻也不停止，搖擺得天旋地轉。明子和同樣跳舞的一個同伴對視一下，互相匆忙地點頭致意。就在這一瞬間，另一位舞者恰如一隻大飛蛾不知從哪裏發瘋似的跳到面前。

但是，即使這一時間裏，明子也知道法蘭西海軍軍官舞伴注意着自己的一舉一動，說明這個全然不習慣日本的外國人對她歡快的舞姿何等興味盎然。這般漂亮的小姐莫非同樣如偶人一樣住在紙與竹木做成的房子裏麼？同樣用細細的金屬筷子從手心大小的青花碗裏夾飯粒吃麼？他的眼睛裏幾次連同和藹可親的微笑掠過這樣的疑問。明子既覺得可笑，又感到自豪。所以，每當對方好奇的視線落在自己腳下時，她那小巧的玫瑰色舞鞋便更加輕盈地在光潔的地板上滑動。

不久，軍官看出這個小貓一樣的小姐似乎累了，關切地盯視她的臉問：

「再繼續跳一會好麼？」

「Non, merci.[3]」明子雖然氣喘吁吁，但回答很明確。

於是法蘭西海軍軍官再次划動華爾茲舞步，穿過前後左右搖擺的裙裾和鮮花波浪，把她悠然領去牆邊花瓶菊花旁最後旋轉一圈，恰到好處地使她坐在那裏的椅子上。隨即自己挺了一下軍裝胸口，像剛才那樣恭恭敬敬行以日本禮。

之後跳罷波爾卡舞和瑪祖卡舞，明子和這位法蘭西海軍軍官挽起胳膊，從白、黃、紅三層菊籬間走去樓下寬敞的房間。

這裏，燕尾服和白皙的裸肩川流不息，擺滿銀餐具和玻璃餐具的幾張餐枱上，或隆起肉山麥蕈山、或聳起三明治和冰淇淩的尖塔、或堆起石榴和無花果的三角塔。特別是菊花沒有掩盡的房間一側牆壁有一方漂亮的金色窗櫺，上面攀附的精巧的人工葡萄蔓簡直蒼翠欲滴。葡萄葉片之間，蜂窩狀的葡萄串泛着紫光纍纍下垂。明子在金色窗櫺前遇見了和一位同年紳士並立吸煙的禿頭父親。父親看見明子，滿意地點了點頭，旋即轉向同伴那邊，繼續吞雲吐霧。

法蘭西海軍軍官同明子走到一張餐枱前，一起拿起冰淇淩匙。這時間裏她也察覺對方的眼睛時不時掃一下自己的手、頭髮和打着淺藍色蝴蝶結的脖頸。這對於她當然不是甚麼不快的事。但，一瞬間她心頭又不由掠過女性特有的疑念。而這時正有黑色天鵝絨胸口別着紅色山茶花的彷彿德國人的年輕女子從兩人身旁走過。明子為了暗示自己的疑念，遂發出這樣的感嘆：

「西方女子可真是漂亮啊！」

海軍軍官聽了，意外認真地搖頭道：

「日本的女子也很漂亮，尤其您……」

「不，不是那樣的。」

「不，我這不是奉承。你這樣子甚至可以馬上參加巴黎的舞會。那一來，大家肯定吃一驚，因為和華托[4]畫中的公主一模一樣。」

明子不知道華托。所以海軍軍官這句話喚起的過去美麗的夢幻——那幽暗的森林噴泉和即將凋零的玫瑰的夢幻也只能轉瞬間消失得無影無蹤。但機敏過人的明子在轉動冰淇淩匙的同時沒有忘記抓住僅僅剩下的另一個話題。

「我也想參加巴黎的舞會啊！」

「其實，巴黎的舞會也和這個完全一樣。」

海軍軍官一邊說着，一邊環視圍繞兩個餐枱的人浪和菊花。俄頃，眸子裏閃出嘲笑的漣漪，止住冰淇淩匙，半是自言自語地補充道：

「也不單巴黎，哪裏的舞會都一樣。」

一小時後，明子和海軍軍官仍然挽着胳膊，同眾多日本人和外國人一起佇立在舞廳外面星月輝映下的陽台上。

一欄之隔的陽台對面，遮蔽廣闊庭園的針葉樹靜悄悄交叉着枝條，樹梢上面點點透出酸漿果樣小紅燈籠的光亮。涼浸浸的空氣底端，那從下面庭園湧起的地苔味兒和落葉味兒彷彿微微傳出凄寂的秋天氣息。但是，就在身後的舞廳裏，裙裾和鮮花的波浪依然在印有十六瓣菊花[5]的紫色縐綢帷幕下繼續着永無休止的翻湧。管弦樂那高亢的旋風仍在人海上方呼嘯盤旋。

不用說，從陽台上面也不斷有歡聲笑語攪動夜晚的空氣。而當黑魆魆的針葉樹上空升起絢麗的煙花時，幾近嘈雜的聲音更是一同從口中瀉出。站在裏面的明子也一直和那裏要好的小姐們談笑風生。但不久注意到時，那位仍讓明子挽着手臂的法蘭西海軍軍官已把視線默默投向庭園上方星月交輝的夜空。在明子眼裏，他似乎沉浸在鄉愁之中。於是明子從下面悄然窺視他的臉，以半是撒嬌的語聲試着詢問：

「想您的故鄉了吧？」

隨即，海軍軍官以仍然含笑的眼睛靜靜回望明子，像孩子似的搖搖頭來代替說「NO」。

「可您好像在想甚麼。」

「猜猜看，猜我想甚麼。」

這時，聚在陽台上的人們之間又響起陣風般的嘈雜聲。明子和海軍軍官不約而同地停止交談，朝籠罩庭園針葉樹的夜空望去。那裏，紅藍兩色煙花正四下劃開夜幕而即將消失。不知為甚麼，明子覺得那煙花漂亮得幾乎讓她傷感。

「我在想那煙花，那猶如我們生命的煙花。」稍頃，法蘭西海軍軍官溫柔地俯視明子的面龐，以開導般的語調這樣說道。

二

大正七年[6]秋天。當年的明子在去鎌倉別墅途中，在火車上同一個有一面之交的青年小說家不期而遇。青年當時把準備送給鎌倉朋友的一束菊花放在網狀行李架上。於是，當年的明子——如今的H老夫人說她每次看見菊花都想起一件事來，便把鹿鳴館舞會那段往事詳詳細細講給他聽。對於從當事者本人口中道出這樣的回憶，青年自然深感興趣。

「太太不知道那位法國海軍軍官的姓名？」

H老夫人的回答令他意外：

「當然知道。名叫朱利安·韋奧[7]。」

「那麼就是洛蒂了，就是寫了《菊花夫人》的皮埃爾·洛蒂。」

青年感到很興奮。但H老夫人不解地看着青年的臉，反覆自言自語：

「不，不叫洛蒂，叫朱利安·韋奧。」

註釋：

[1] 一八八六年。

[2] 指清朝的青龍旗。

[3] 法語，「不，可以了。」

[4] 讓·安東尼·華托（Jean-Antoine Watteau, 1684-1721），法國畫家，畫風典雅艷麗。

[5] 係皇室徽記，日本的國花（櫻花亦是）。

[6] 一九一八年。

[7] 洛蒂的原名（Julien Viaud）。皮埃爾·洛蒂（Pierre Loti, 1850-1923），法國小説家。作品對日本近代作家很有影響。

密林中

樵夫回答檢非違使的話

不錯，發現死屍的確實是我。今天一早我一如往常進後山砍杉為柴。豈料陰坡密樹叢中有一具死屍。甚麼地方來着？大約離山科驛道有一里來路吧。竹林中夾雜着細細高高的杉樹，僻靜得很。

屍體穿着藍色袍服，戴一頂城裏人模樣的有皺紋的三角帽，仰面躺着。雖說只挨一刀，但由於正扎在胸口上，屍體周圍的落竹葉都染成了紫紅色。不，血早已不流了，傷口也好像乾了。一隻牛虻死死叮在上面，連我的腳步聲都像沒有聽見。

看沒看見刀？不，甚麼也沒有。只見旁邊杉樹下丟着一條繩子。此外嘛——對了對了，除繩子外還有一把木梳。屍體周圍只這兩件東西。草和竹子的落葉被踩得一塌糊塗，說明那個人被殺之前拚搏得相當激烈。甚麼？有沒有馬？那裏根本跑不開馬。離馬路隔着一片密樹林哩。

行腳僧回答檢非違使的話

那個遇害的男子，應該是昨天碰上的。昨天……噢，昨天中午。地點位於從關山通往山科的路上。男子和騎馬的女子一起往關山方向走着。女子由於頭上斗笠罩着面紗，看不清臉孔。看見的只有大約是絳紅色的衣裙。馬麼，毛色褐裏透紅，大概是一匹短鬃馬。四尺半高總是有的吧？出家人，這方面弄不清楚。男子麼……不，身上帶刀，弓箭也帶着。黑漆箭筒裏插着二十多支箭，這點現在也記得一清二楚。

做夢也沒料到他會落得如此下場。所云人命如露亦如電，真個千真萬確。咳——一言難盡，痛哉痛哉！

捕快回答檢非違使的話

我抓來的這個漢子？他的的確確叫多襄丸，是個有名的盜賊。當然嘍，我抓他的當時，或許是從馬上掉下摔的，正在粟田石橋上哼哼呀呀呻吟着呢。時間？時間是昨晚初更時分。以前有一次抓他不成的時候，他也是這麼一身青衫，佩着一把長柄腰刀。這回您也看見了，除了刀還帶着弓箭。是嗎？就是遇害的那個男子身上的也……？那麼說，兇手定是這個多襄丸無疑。纏着皮革的弓，塗着黑漆的箭筒，十七支鷹羽箭——這些怕都是那個男子身上的東西。是的，如您所說，馬是短鬃褐裏透紅。給那畜生甩下來，肯定是甚麼報應。那畜生正拖着長長的繮繩，在石橋稍前一點的地方吃路旁青草呢。

多襄丸這傢伙，即使在京都城出沒的盜賊裏也算是好色之徒。去年秋天在秋鳥部寺賓頭盧後面山上一起殺死前來拜佛的婦人和一個女童的，據說也是這個傢伙。如果那男子死於這傢伙之手，騎馬的女子也不知落得怎樣的下場——恕我多嘴多舌，這點也務請弄個水落石出。

老媼回答檢非違使的話

是的，死屍是我女兒嫁給的那個人。不過不是京城人，是若狹國府的武士。名叫金澤武弘，二十六歲。不不，為人老實厚道，不可能遭人怨恨。

女兒？女兒名叫真砂子，年方十九。性喜爭強好勝，不亞於鬚眉男子。至於接觸的男人卻只有武弘一個。膚色稍黑，瓜子兒臉，左眼角有顆黑痣。

武弘是昨天同女兒一起趕往若狹的，結果出了這種事，怕也是甚麼報應。女婿是沒有辦法了，可女兒怎麼樣了呢？實在放心不下。求求您，求您哪怕上天入地也查明我女兒的去向，也是我老太婆這輩子唯一的請求。最可恨的是甚麼多襄丸……這個惡賊，女婿不算，還把我女兒……（往下泣不成聲）

多襄丸的自白

殺那男的是我。但女的卻是沒殺。跑去哪裏了呢？這個我也不知道。慢，且慢，拷問也沒用，不知道的事如何說得出來。況且事已至此，我也不想遮遮掩掩，貪生怕死。

我是昨天剛剛偏午碰上那對夫婦的。當時正巧有一陣風吹起女子斗笠上的面紗，使我一晃兒瞥見她的臉。一晃兒——的確是一晃兒，之後就再也看不見了。或許因為這個緣故，女子的面孔看上去竟如女菩薩一般。就在這一瞬之間，我定下決心：即使殺死男子也要把女子弄到手。

哪裏，殺一個人並不像你們想得那麼嚴重。反正要搶女人就必然要殺男人。只是我殺時用的是腰刀，你們則不用刀，用的是權力，是金錢，有時甚至只隨便用個漂亮的藉口便取了人命。血固然不流，人也活得神氣活現，但同樣是殺。從罪孽輕重來看，真說不清是你們嚴重還是我嚴重，彼此彼此（面露譏笑）。

要是不殺男人而能奪得女人，當然沒甚麼不好。不，就當時的心情來說，本想盡可能不殺男人而奪得女人的。但在山科驛道上很難兩全其美，我就心生一計，把這對夫婦領到山裏去。

這也毫不費事。在同兩人錯路時，我說對面的山上有座古墳，挖開一看，裏面出來很多銅鏡、腰刀等物。為了不讓人知道，自己把東西埋在山背陰坡的密樹叢中了。若是有人要，哪個都想賣掉，便宜也賣。男的聽了我的話，心裏開始活動起來。往下嘛——怎麼樣，貪慾這東西可怕不可怕？——不出半小時，我就使得兩人隨我把馬頭轉往山路。

來到密樹林前，我說就埋在這裏，快來看。男的利慾薰心，自然深信不疑。而女的卻馬也沒下，說在那兒等着。這也難怪，畢竟樹林長得密密麻麻。說實在話，這對我倒正中下懷。於是讓女的一人留下，同男的走進樹林。

樹林一開始都是竹子。走出十五丈遠，才見稍微開闊的杉樹林。這正是我下手再好不過的地方。我分開樹叢，一本正經地說就在這杉樹下埋着。男子聽了，便朝着可以隱約看見細杉樹那裏拚命奔走。竹子稀少之後，並排長着幾棵杉樹。說時遲那時快，我一把將對方按倒在地。對方雖也帶刀，力氣也像蠻大，但終究禁不住意外襲擊，很快就被我綁在一棵杉樹下。繩子？幸好我們盜人繩子從不離身，不知甚麼時候要翻牆嘛。為了不讓他出聲，往他嘴裏塞滿地下的竹葉，就算大功告成。

收拾好男的，這回輪到女的。我去她那兒說男的好像發了急病，叫她快來。不用說，女的也乖乖上鈎。她摘去罩有面紗的斗笠，拉起我的手走進樹林深處。豈知來到一看，丈夫已被綁在樹下。女的只瞥了一眼，便一閃抽出短刀——怕是從懷裏抽出的。這以前我還真沒見過這麼性情剛烈的女子。當時要是稍一疏忽，側腹篤定挨她一刀。她沒頭沒腦只管刺殺。我左蹦右跳躲閃不止——即使閃得不好都有可能受傷。但我畢竟是多襄丸，終於刀也沒拔就把短刀打落。再厲害的女人，沒了器物也只能乖乖就擒。於是，我就在沒要男方性命的情況下和女方成就了好事。

是沒要男方的命，是的。事完之後我也沒打算殺他。可是，當我丟下哭倒在地的女人剛要往樹林外逃跑時，女的突然發瘋似的抓住我的胳膊不放，口裏斷斷續續地叫着，上氣不接下氣。原來她是在說：「是你死還是我丈夫死，兩個得死一個。失身給兩個男人，對我比死還難受。不管誰死，反正我跟剩下的一個。」這時我才猛然動了殺心（沉鬱的激動）。

說到這裏，想必你們以為我這個人比你們殘酷。那是因為你們沒看見那女人的臉，尤其是沒看見她那一瞬間着火似的眼神。我同那女人對視時，立即打定主意：哪怕五雷轟頂也要收這女人為妻。腦袋裏的念頭唯此一個。這並不是你們想像的那種齷齪的色慾。如果那時除了色慾而沒別的慾望，我肯定踢翻女人一逃了之。男方也不至於成為我刀下之鬼。可是，在幽暗的密樹林中盯視女人的剎那間我就定下決心：不殺死男的絕不離開。

殺是殺，但我不想用小人式殺法。我除去他身上的繩子，叫他提刀對殺（掉在杉樹下的繩子，就是那時忘記拾了的）。對方仍一臉兇相，拔出寬幅腰刀悶聲朝我狠狠劈來。對殺的結果就不必說了。我是第二十個回合把刀插進對方胸口的。第二十個回合——這點請不要忘記。這點現在也讓我佩服。能同我砍殺二十個回合的，普天下也只他一人（開心地微笑）。

男的剛一倒地，我就提着沾血的腰刀回頭看那女的。你猜怎麼着，女的連影兒都不見了。我就在杉樹林中找來找去，怎麼都找不到。連腳印都沒在竹葉上留下。側耳細聽，聽見的只有男的喉嚨發出的斷氣聲。

說不定女的是在我剛開始動刀時鑽出樹林叫人去了。想到這回該輪到要我的命了，趕緊奪下刀箭，折回原來的山路。馬還在那裏靜靜地吃草。後來的事我就不再囉嗦了。只是，進京前那把刀便已脫手了。我坦白的就這些。反正早晚免不了棟樹梢頭掛腦袋，只管處以極刑就是（態度凜然）。

女人在清水寺的懺悔

那個穿青褂子的大漢把我玷污之後，望着被捆的丈夫嘲弄似的笑着。丈夫是多麼窩囊啊！但沒有辦法，身體越是扭動，繩子越是緊緊吃進肉裏。我不由得連滾帶爬朝丈夫跑去。不，是想跑過去。可那大漢就勢一腳把我踢倒。就在這當兒，我發覺丈夫眼裏有一種說不出來的光。實在說不出來——現在想起來都禁不住渾身發抖。丈夫其實一言未發，但那瞬間的眼神傳達了他內心的一切。眼睛裏閃動着一不是憤怒二不是悲哀，而顯然是鄙視我的冷光，沒錯！那眼神對我的打擊，比大漢的腳踢還要沉重。我不覺叫了一聲甚麼，昏迷過去。

醒過來一看，青褂大漢早已不知去向，只剩丈夫綁在杉樹下。我好歹從竹葉上爬起，盯視丈夫的臉。但丈夫的眼神仍和剛才一模一樣，依然是冷冷的鄙視，加上隱約透出的憎惡。當時我心裏的滋味，真不知如何表達——羞愧？傷心？氣惱？我搖搖晃晃地站起身，跑到丈夫身邊。

「跟你說，事情既已到了這個地步，你我已不能再一起生活了。我已決心一死。但是——但是你也要一起死。你已親眼看到我受辱。我不能把你一個人留下。」

我勉強說完了這番話。丈夫還是深惡痛絕似的盯着我。我直覺得肝膽欲裂，尋找丈夫的腰刀。或許給強盜搶走了，樹叢裏別說腰刀，弓箭也無影無蹤。好在短刀就掉在腳下。我舉起短刀，再次對丈夫說道：

「就請把命給我吧，我立刻奉陪。」

丈夫聽罷，總算動了動嘴唇。當然，因為嘴裏塞滿了竹葉，聲音是一點也聽不見的。但看那嘴唇，我當即猜出他說的是甚麼。丈夫——仍然鄙視我的丈夫——說的是「殺吧！」我幾乎夢遊似的把短刀噗一聲扎進丈夫的淺藍色袍胸口。

這時我又失去了知覺。及至再往四周看時，綁在那裏的丈夫早已噘氣。一縷夕暉從竹杉交錯的天空投在他蒼白的臉上。我一邊吞聲哭泣，一邊解開屍體上的繩子，至於、至於我怎麼樣——這點我實在沒有氣力說出口，總之我無論如何都沒有死成。用短刀扎了喉嚨，又往山腳水塘裏投下身去，各種辦法都用盡了，但就是沒能死成。這當然不值得炫耀（淒然一笑）。對我這樣的窩囊廢，想必大慈大悲的觀世音菩薩也撒手不管了。可是，我殺死了丈夫，我失身於強盜，我到底怎麼辦才好啊！我到底——我——（激烈抽泣）。

亡靈借巫婆之口說出的話

強盜糟蹋了妻子，就勢坐在那裏對妻子花言巧語。我自然開不了口，身體也被綁在杉樹下。但那時間裏我向妻子使了好幾次眼色。意思是想告訴她那傢伙全是胡說八道，不可當真！而妻子只是淒然坐在落竹葉上，一動不動地盯着膝頭。看樣子被強盜的話打動了。我嫉妒得身子扭來扭去。強盜仍在得意地搖動三寸不爛之舌，最後竟說出這樣的話來：「一旦失身於人，怕也很難與丈夫言歸於好。與其跟那種丈夫，還不如當我的老婆。怎麼樣？我剛才之所以胡來，無非是因為覺得你可愛。」

給強盜如此一說，妻子癡迷地抬起臉來。我還從沒見妻子像當時那麼漂亮過。可這漂亮的妻子當着五花大綁的我的面是怎樣回答強盜的呢？我雖然神迷中有[1]，每當想起妻子的答話也還是怒火中燒。妻子的的確確是這樣說的：「好吧，請把我帶走吧，哪裏都可以。」（長久沉默）

妻子的罪孽尚不止此。如果到此為止，我也不至於在這黑暗之中如此痛苦不堪。當她神思恍惚地被強盜拉着往樹林外走時，突然臉色大變，指着樹下的我發瘋似的叫道：「殺死他！他活着我就不可能和你在一起！」接連叫了好幾遍。「殺死他！」——這句話至今仍像狂風一樣把我頭朝下捲入漆黑的深谷。如此可怕的話語難道是從人的嘴裏説出來的嗎？難道有人聽到過如此可咒的話語嗎？哪怕一次！（按捺不住的嘲笑）聽到這句話時，就連強盜也大驚失色。「殺死他！」——妻子靠住強盜的胳膊叫着。強盜目不轉睛地盯着妻子，不説殺也不説不殺。旋即，一腳把妻子踢倒在落葉上（再次露出按捺不住的嘲笑），強盜靜靜地抱攏雙臂，看着我説：

「這女人你打算怎麼處理？殺，還是放？回答只消點一下頭：殺？」

只此一句話，我就赦免了強盜的罪惡。（再次長久沉默）

妻子在我猶豫的時間裏，不知叫了聲甚麼，轉身跑進樹林深處。強盜也飛身追去。這回看樣子連袖口也沒摸着。我只是像面對幻景似的看着這一切。

妻子逃走後，強盜拾起腰刀和弓箭，一刀割斷我身上的繩子。「現在該輪到我了！」——記得強盜消失在密林外時聽他這麼嘟囔了一句。此後萬籟俱靜。不，好像有誰在哭！我去掉繩子，側耳傾聽。結果，不正是我自己的哭聲麼！（再次長久沉默）

我勉強從杉樹下撐起筋疲力盡的身體。妻子失落的短刀在我眼前閃光。我拿在手上，猛地刺進自己的胸膛。一股帶腥味的東西湧上口腔。疼痛卻絲毫也沒有。只覺得胸口發涼，四周更加寂靜。啊，那是何等的寂靜啊！這背陰坡樹林的上空，連一隻啼叫的小鳥也沒飛來。唯見淒迷的日影搖曳在杉樹和竹子的梢頭。日影漸漸淡薄。杉、竹不復再見。我就倒在那裏，倒在深沉的岑寂中。

這時，有誰躡手躡腳來到我身邊。我試圖朝那邊看。但我周圍已於不覺之間罩上了昏暗的夜色。誰呢？不知是誰用看不見的手輕輕拔去我胸口的短刀。我的口腔隨之再次湧滿血漿。之後，我便永遠沉入「中有」的黑暗……

註釋：

[1] 中有：佛教所說的「四有」之一，人死後至託生前的狀態。

礦車

小田原和熱海之間開始修築鐵路是良平八歲那年的事，良平天天去村外看施工。說是施工，其實只是用礦車推土——這個很讓他感興趣。

礦車上有兩個土工直挺挺站在土堆後面。因為下山，礦車不用人推，一路自動奔馳。車廂煽動着，土工的短褂底襟張開，細細的鋼軌劃起弧形——良平有時一邊眼望如此光景，一邊心想當一個土工多好，至少想跟土工一起坐一次礦車，哪怕僅僅一次。礦車來到村外平地時，自然而然停在那裏。與此同時，土工們從車上輕輕跳下，把車上的土掀在路軌的終點。然後推起礦車，開始往所來的山上那邊爬去。良平那時心想，坐不上車倒也罷了，哪怕推上一次也好。

一天傍晚——時值二月上旬——良平和比自己小兩歲的弟弟以及和弟弟同歲的一個鄰居家小孩來到放有礦車的村外。礦車全身是泥，排列在蒼茫的暮色中。無論往哪邊看都看不見土工們的身影。三個小孩戰戰兢兢推起最端頭一輛。三人一齊用力，礦車「咕嚕」一聲轉動了。良平聽了心裏一驚。但第二聲車輪響後他就不在乎了。咕嚕、咕嚕……伴隨這聲響，礦車在三人的推動下慢慢沿鐵路爬去。

大約推了一二十米，鐵路陡了起來。以三人的力氣，礦車無論怎麼推也不再動了。弄不好，很可能連人帶車一起退回。良平覺得時機差不多了，對兩個年齡小的使個眼神：

「好了，上！」

他們一齊撒手，跳上車去。礦車始而慢慢悠悠，繼而眼看着加速，一氣沿鐵路駛下。這當兒，沿路風景忽然分向兩邊，接二連三在眼前展開。吹在臉上的晚風、腳下車的騰跳——良平幾乎歡喜若狂。

但兩三分鐘後，礦車停在原來的終點。

「好，再來一次！」

良平和兩個年齡小的又一起往上推礦車。車輪還沒動，身後突然傳來不知何人的腳步聲。不僅如此，腳步聲馬上變成了怒吼聲：

「混賬！跟誰打招呼了碰我的車？」

一個身穿舊印字短褂、頭戴不合時令的草帽的高個子土工站在那裏。良平見到時，早已和兩個年齡小的同伴跑出十多米。

自那以來，良平外出跑腿路上即使見到空無人影的工地上的礦車，也沒想再坐一次。只有當時那個人的身影至今仍在他腦海裏某處留有清晰的記憶。薄暮時分模模糊糊的不大的黃色草帽……但是，就連這記憶也逐年減卻色彩。

此後過了十多天，良平又一個人佇立在偏午時分的工地眼望礦車來來去去。這時，除了裝土的車，還有一輛裝枕木的沿着應是幹線的粗軌爬來。推這輛礦車的兩個都是年輕人。良平從看見兩人時起就覺得他們似乎平易近人。這兩個人不會罵人——他一邊想着，一邊朝礦車那邊跑去。

「叔叔，幫你們推好嗎？」

其中一個穿格子衫的兀自低頭推車，但回答意外爽快：

「噢，推吧！」

良平鑽進兩人中間，用足力氣推了起來。

「好大的力氣嘛！」

另一個耳夾卷煙的人也誇獎良平一句。

推着推着，鐵路坡度漸漸徐緩起來。良平心裏擔心得不行，生怕對方道出「行了不用推了」那句話。但兩個年輕土工只是腰比剛才直了些，仍默默往前推車。良平終於忍耐不住，膽戰心驚地這樣問道：

「一直推下去好麼？」

「好好！」

兩人同時回答。

良平心想兩人果真是好人。

繼續推了五六百米，鐵路再次陡了起來。兩側橘林裏有好幾個黃果沐浴着陽光。還是上坡路好，可以一直讓我推下去——良平一邊想着，一邊用渾身力氣推車。

從橘林中間爬到頂頭，鐵路陡然變成下坡。穿格子衫的那個對良平説：「喂，上！」良平立即跳上車去。礦車在三人上車同時，撩起橘林的香氣，沿鋼軌一路滑下。坐車比推車舒服得多！良平讓風鼓滿衣服，心裏浮上理所當然的念頭，並且這樣想道：去的路上推的地段多，那麼回路上自然坐的地段多。

來到有竹林的地方時，車靜靜停止下滑。三人又像剛才那樣開始推車前行。不覺之間，竹林變成雜木林。上坡路上點點處處積了落葉，生了紅鏽的鋼軌都看不見了。坡路好歹爬完，這回但見高聳的懸崖的對面，一片無邊無際的冷颼颼的大海鋪展在眼前。這時良平腦袋裏忽然清楚覺出自己跑得太遠了。

三人又坐上礦車，車在雜木林的樹枝下——右邊就是大海——跑去。可是良平已無法像剛才那樣歡天喜地了，心裏盼望快些回去。不用説，他也十分清楚：不到該到的地方，車也好他們也好都不可能返回。

車下一次停住的地方是一家背靠劈開的山崖的茅屋茶館。兩個土工走進裏面，和一個背着吃奶嬰兒的老闆娘聊着說着慢悠悠喝茶。良平一個人心慌意亂地圍着礦車轉來轉去。礦車厚厚實實的車廂板上沾的泥已經乾得翹了起來。

一會兒，從茶館走出來的耳夾卷煙的男子（那時也不再夾了）把用報紙包着的粗糕點遞給車旁的良平。良平冷淡地說了聲「謝謝」。但馬上覺得這樣對不起對方。為了掩飾自己的冷淡，他從紙包裹的糕點中拿一個放進嘴裏。糕點有一股報紙特有的油墨味兒。

三人推着礦車爬上徐緩的坡路。良平手雖搭在車上，但心裏想的是別的事。

翻過坡路往下走到底，又有一家同樣的茶館。土工們進去之後，良平坐在車上只顧惦記如何回家。茶館前開放的梅花即將在夕暉中隱去。天快黑了！想到這裏，良平再也無法呆坐下去。他踢了一腳礦車輪，明知自己推不動，卻呼哧呼哧推了幾下，想以此沖淡焦躁的心情。

土工們出來後，手扶車上的枕木，若無其事地對他這樣說道：

「你該回去了，我們今天往下不走了。」

「回家太晚，你家裏要擔心的。」

良平一下子驚呆了。天馬上就黑了，再說今天的路比去年來的暮母和岩村的路遠三四倍，而現在自己必須一個人走回去——這些他頓時明白過來。良平差點兒哭出來。但他知道哭也無濟於事，也不是哭的時候。他向兩個年輕土工不自然地點了下頭，沿鐵路飛奔起來。

良平沿着鐵路一側忘我地跑了一陣子。奔跑時間裏，發覺懷裏的一包糕點礙事，遂甩去路旁，順手把木屐也脱下扔在那裏。於是薄襪底直接踩進石子，腳倒是輕快多了。他一邊感覺着左邊的大海，一邊跑上陡急的坡路。眼淚不時湧上來，使得他不由歪一下臉——他拚命忍住，唯獨鼻子抽搭不止。

從竹林旁跑過之後，日金山那被火燒雲染紅的天空也已涼了下來。良平愈發沉不住氣。也許去路和歸路不同的關係，景致的變化也令人不安。接下去就連衣服都因出透了汗而讓他覺得不便，邊跑邊脱下扔去路旁。

跑到橘林時，四下已經黑了。只要保住性命……良平一邊想着，一邊連滾帶爬繼續奔跑。

當村外的工地終於出現在遠處夜色中時，良平真想大哭一場。那時雖然落了淚，但還是忍住哭繼續奔跑。

進村一看，兩旁的人家已對射出電燈光來。藉着電燈光，他自己也分明知道頭上冒出熱氣。井邊提水的婦人們和從田裏回來的男人們看見良平跑得氣喘吁吁，都問他「喂怎麼了？」他一聲不吭，只顧從雜貨店、理髮店和明亮的住房前跑過。

跑到自家門口時，良平終於禁不住「哇」一聲大哭起來。哭聲傳向四周，父母等人一時圍了上來。尤其母親一邊說着甚麼一邊抱住良平的身體。良平手腳掙扎着，抽抽搭搭哭個不停。也許哭聲太厲害了，附近三四個婦人也趕到昏暗的門口。父母自不用說，那些人也異口同聲問他為甚麼哭。但他無論別人怎麼問都只管大哭特哭。回想跑那麼遠的路的過程中的驚懼，覺得怎麼哭都哭不夠……

良平二十六歲那年同妻子一起來到東京。如今在一家雜誌社的二樓手握校對用的紅筆。他每每毫無緣由地想起那時的自己。毫無緣由？在勞頓疲憊的他的面前，那片暮色籠罩的竹林和坡路至今仍時斷時續細細地向前伸展……

阿富的貞操

明治元年五月十四日下午。「官軍明日凌晨進攻東睿山彰義隊，上野一帶民家火速撤往別處！」——便是有這樣命令下達的下午。下谷町二丁目一家雜貨店裏，古河屋政兵衛離去之後，廚房角落一堆鮑魚貝殼前靜靜蜷縮着一隻很大的三毛公貓。

關門閉戶的房子裏下午當然也一片黑暗，亦無半點人語，傳入耳中唯有已連綿數日的雨聲。雨不時突然傾瀉在看不見的房頂上，又不知何時遁往高空。每當雨聲高奏，貓便瞪圓琥珀色的眼睛。甚至灶台都看不清的廚房裏只有此時閃出令人懼怵的光。但在得知除卻颯然而至的雨聲別無任何變化之後，貓就紋絲不動了，眼睛再次瞇成一條線。如此幾番周而復始時間裏，貓大約睏意上來，連眼睛也不再睜了。但雨依然急一陣子歇一陣子。八點、八點半——時間在這雨聲中漸漸向日暮過渡。

快到七點的時候，貓受驚似的忽然睜大眼睛，耳朵也似乎同時豎起。但雨比剛才小多了。除了路上轎夫跑動的聲響，外面一無所聞。不料，沉默數秒之後，黑漆漆的廚房裏不知何時開始隱約透進光亮。兩塊窄木板之間的灶台、無蓋水缸的水光、灶神的飾松、拉窗繩——這些東西也依序閃現出來。貓愈發不安，一邊盯視打開的汲水門，一邊慢騰騰爬起碩大的身子。

這時打開汲水門的，不、不僅門，最後連下端帶護板的拉窗也打開的，是一個澆成落湯雞的乞丐。他只往前探出包一條舊毛巾的腦袋，側耳傾聽了一會兒這寂靜房子的動靜。看準沒人之後，躡手躡腳走進廚房。他身上披的包酒罈用的粗麻布倒是嶄新的，閃着亮晶晶的雨珠。貓放平耳朵，後退兩三步。但乞丐毫不驚慌，隨手關上拉窗，緩緩取下臉上的毛巾。臉上滿是鬍鬚，還貼了兩三塊膏藥。不過，儘管蓬頭垢面，但五官還過得去。

「三毛！三毛！」乞丐擰乾頭髮的水，一邊擦臉上的雨珠一邊低聲叫貓的名字。貓大概聽過這聲音，放平的耳朵又恢復原狀。但仍站在那裏不動，不時把懷疑的目光定定投在他臉上。這時間裏，解掉粗麻布的乞丐盤起看不見小腿顏色的泥腿，「撲通」一聲在貓跟前坐下。

「三毛，怎麼回事？——一個人都沒有，怕是慘遭遺棄了吧？」

乞丐獨自笑着，用一隻大手摸貓的腦袋。貓稍微向後退了退。但並沒逃走，反而蹲在那裏一動不動，眼睛也慢慢瞇縫起來。乞丐摸罷貓，從舊單衣懷裏掏出一支光閃閃的手槍，在若明若暗的光亮中檢查起扳機來。一個乞丐在蕩漾着「殺氣」的寂無人息的廚房裏擺弄手槍——這無疑是頗有小說色彩的罕見光景。但瞇細眼睛的貓依然弓起脊背，儼然知悉所有秘密冷漠地蹲着不動。

「三毛公，到了明天，這一帶也有槍子像雨點一般打來，碰上那傢伙篤定沒命。所以明天不管怎麼鬧騰，你也要一整天躲在檐廊裏……」乞丐一邊檢查手槍一邊不時跟貓搭話，「和你已是老朋友了，但今天就此道別。明天你也在劫難逃。我明天也可能喪命。就算大難不死，也再不打算和你一起扒垃圾堆了，那樣你怕也大喜過望！」

這時間裏雨又嘩嘩下了起來。雲一直壓到附近人家的房脊，脊瓦都幾乎看不清了。廚房裏原本模模糊糊的光亮變得更加昏暗。可是乞丐頭也不抬，專心致志往終於檢查完畢的手槍裏裝子彈。

「還是說你有些戀戀不捨呢？聽說貓這東西三年的恩義都會忘掉，你大概也信賴不得。好了好了，這種事怎麼都無所謂了。只是，假如我不在了……」

乞丐突然閉住嘴巴。這當兒，有誰朝汲水門外走來。乞丐藏起槍，同時回過頭去。而外面汲水門那裏的拉窗豁然打開也是同時。乞丐一下子拉開架勢，同闖入者正好四目相視。

而打開拉窗的人一看見乞丐，反而出乎意料似的輕輕「啊」了一聲。那是一個打着赤腳、提一把大黑傘的還年輕的女子。她幾乎條件反射地跑回雨中。等到驚魂初定，開始藉着廚房微弱的光線盯視乞丐的臉。

乞丐大概也驚呆了，只支起舊單衣下面一條腿，目不轉睛注視對方。眼睛裏再也看不出剛才的警惕。兩人默默相覷片刻。

「甚麼呀，你不是新公麼？」她稍稍鎮靜下來，這麼對乞丐說道。

乞丐嬉皮笑臉向她點了兩三下頭：「對不起，對不起，雨下得實在太厲害了，就溜了進來，並不是趁人不在來偷東西。」

「嚇死人了！就算不是趁人不在來偷東西，也夠厚臉皮的嘛！」她甩去傘上的雨滴，氣呼呼接着說道：「喂，快快出去，我要進去了！」

「是是，我出去，您不叫我出去我也會出去的。阿姐您還沒有撤離？」

「撤了，撤是撤了——可這對你怎麼都無所謂的嘛！」

「那麼說，是忘了甚麼東西？請到這邊來，在那裏要淋雨的。」

她還是沒有消氣，不理睬乞丐，兀自坐在排水口那裏的木板上。然後把泥腳伸進排水道，嘩啦嘩啦撩水。滿不在乎地盤腿坐着的乞丐一邊摩挲滿是鬍鬚的下巴，一邊眼盯盯往女子身上打量。女子皮膚微黑，鼻子那裏有雀斑，一副鄉下丫頭模樣。

穿着也是使女打扮：手織單層布衣，只紮一條小倉衣帶。但眉眼充滿生機，身體胖乎乎緊綳綳的，有一種令人聯想到鮮梨鮮桃的嬌美。

「兵荒馬亂當中回來取東西，甚麼重要東西忘記了呢？嗯阿姐？阿富？」新公繼續追問。

「關你甚麼事？還不快點給我出去！」阿富沒好氣地應道。卻又像忽然想起甚麼，抬頭看新公的臉，神情認真地問起一件事來：「新公，可知道我家三毛？」

「三毛？三毛剛才還在這裏——哦，跑哪兒去了呢？」乞丐四下環視。原來，貓不知甚麼時候像模像樣蜷縮在了研缽和鐵鍋之間——阿富也很快和新公同時瞧見了。她馬上扔開長柄勺，從木板間站起——連乞丐的存在都好像忘了——喜不自勝地微笑着招呼板架上的貓。

「是貓啊，阿姐忘記的東西？」

「是貓又有甚麼不好？三毛、三毛，喂，下來下來呀！」

新公突然笑出聲來。笑聲在這只聞雨聲的空間裏差不多引起了令人怵然的反響。於是阿富再次氣得漲紅了臉，劈頭蓋腦朝新公吼道：

「有甚麼好笑的？我家太太正為忘了三毛急得要死要活呢！一直哭個不停，說三毛沒命了可如何是好。我也覺得可憐，就特意冒雨跑了回來。」

「好了好了，不笑就是。」但新公還是忍不住笑，打斷阿富的話，「我再不笑了。不過你想想看，明天就要開戰了，可竟為了一隻貓……豈不怎麼想都夠好笑的！你也真有你的！再沒有比這家太太更沒分曉的了。不說別的，居然為了找這三毛公……」

「住嘴！不願意聽你講太太壞話！」

阿富氣得幾乎跺腳。不料，乞丐並沒有對她的氣勢感到吃驚，只管把放肆的眼睛直勾勾盯在她身上。實際上她當時的形象也極富野性之美。被雨淋濕了的衣服、衣帶——無論看哪個部位，都因衣服緊緊貼在身上而逼真地顯現出肉體，而且那肉體是那般年輕，一看就知是處女。新公視線定在她身上，仍然連說帶笑：

「不說別的，居然為了找這三毛公把你打發出來就難以理解。嗯，不是嗎？眼下上野一帶已沒有不撤的人家了。看上去一家挨一家，其實跟空街一個樣。狼甚麼的倒沒出沒，可是甚麼危險事都可能發生——這不是一開始就說了麼？」

「用不着你操這份心，還是快把貓抓下來吧！又不是說已經開戰了，有甚麼好危險的！」

「開哪家子玩笑！一個年輕女子在這種時候一個人走路，這不危險還有甚麼危險的呢？直說了吧，在這裏可是只有你我兩人，萬一我動了甚麼奇妙的念頭，阿姐你怎麼辦呢？」

新公語氣漸漸曖昧起來，不知是開玩笑還是動真格的。然而阿富清澈的眸子裏全然看不出害怕的陰影。只是臉頰比剛才更加紅了。

「甚麼呀，新公，你難道嚇唬我不成？」阿富倒像要嚇唬對方似的往新公那邊湊近一步。

「嚇唬？光嚇唬有甚麼不好？如今這個世道，肩膀頂着漂亮肩章的壞蛋都多的是，何況我這個乞丐！不一定光是嚇唬喲，一旦真是動了怪念頭……」

「看你還敢胡說八道！」

阿富又把傘狠狠朝新公頭上砸去。新公慌忙一閃，傘砸在舊單衣肩上。被這騷動嚇慌了的貓一腳蹬掉鐵鍋，往灶神那邊奔去。與此同時，灶神的飾松、油光光的燈碟一齊掉在新公身上。新公勉強爬起的時間裏，又被阿富的傘連打幾下。

「畜生！畜生！」

阿富繼續揮舞傘柄。打着打着，新公終於一把搶下傘來，並且扔開傘猛地撲到阿富身上。兩人在狹窄的地板上扭打片刻。扭打之間，雨再次朝廚房屋頂襲來，聲音令人驚駭，同時有電光劃過，天眼看着越來越黑。被打也好挨抓也好，新公仍不管三七二十一，一心想制服阿富。幾次失手之後，好歹把她壓在身下。卻又馬上像被彈起似的踢去汲水門那邊。

「好一個魔女！」新公背靠拉窗，定睛瞪視阿富。

阿富不知何時頭髮散開了，癱坐在地板上，倒握一把大約夾在衣帶裏的剃刀，樣子既帶有殺氣，又份外妖艷。不妨説，同灶神板上高高隆起脊背的貓很相似。兩人默默打量對方的眼神。旋即，新公現出做作的冷笑，從懷裏掏出剛才那把手槍。

「好好，隨你怎麼折騰！」

新公把槍口緩緩對準阿富的胸口。但阿富仍然不服氣地盯視新公的面孔一聲不響。新公見不再反抗了，彷彿突然想起甚麼，轉而把槍口朝上豎起。槍口上面，琥珀色的貓眼在幽暗中一閃一爍。

「聽着，阿富，」新公發出含笑的語聲，像要惹對方着急。「這手槍砰一聲響，貓就要栽下來，你也同樣下場。可以麼？」

扳機即將扣動。

「新公！」阿富突然叫道，「不行不行，不能開槍！」

新公眼睛轉向阿富。然而槍口仍瞄準三毛貓。

「知道你說不行。」

「那太可憐了，三毛千萬別動！」

阿富現出和剛才截然不同的、擔憂的眼神。略略顫抖的嘴唇之間閃出一排細密的白牙。新公半是嘲諷半是詫異地注視她的臉，總算放下槍口。與此同時，阿富臉上浮現出釋然的神色。

「那麼貓就不動了，可是，」新公居高臨下地說，「可是要借你的身體一用！」

阿富略微錯開視線。一瞬之間，憎恨、惱怒、嫌惡、悲哀等種種感情彷彿一齊湧上心頭。新公一邊小心翼翼注視她的這種變化，一邊從側面繞去她的身後，打開茶室的拉門。不用說，茶室比廚房還幽暗。但可以清楚看出家人撤離後的痕跡：留下的茶櫃、長方形火盆。新公佇立在那裏，視線落在好像津津沁出汗來的阿富的領口。不料，阿富似乎感覺出來了，扭過身體，揚臉往上看站在身後的新公。不覺之間，一如剛才的活潑潑的神情已返回她的臉上。而新公卻像狼狽起來，奇妙地眨了下眼，又突然把槍口對準貓。

「不行，不是說不行的嘛！」阿富制止道，手中的剃刀同時掉在地板上。

「不行你就到那邊去！」新公浮起一絲笑意。

「討厭！」阿富不勝厭惡地嘟囔一聲。爾後突然起身，慪氣似的急步走進茶室。

對於阿富的迅速妥協，新公多少顯得有些吃驚。這時雨聲早已遠去。也許雲隙間有夕暉射出，昏暗的廚房裏也漸漸增加了光亮。新公在裏面佇立不動，傾聽茶室動靜：小倉衣帶解開的聲響、似乎躺在榻榻米上的聲響，此外茶室裏一片寂靜。

新公略一遲疑，邁步走進光線隱約的茶室。茶室正中間，阿富一個人用衣袖掩臉，一動不動地仰面躺着。新公見狀，趕緊逃也似的折回廚房。他臉上漲滿無可形容的奇異表情，看上去既像厭惡又像羞愧。回到木板間，他再次背對茶室，突然難受似的笑了起來。

「開玩笑的，阿富，我是開玩笑。請到這邊來吧……」

幾分鐘後，懷裏抱着貓的阿富已經一隻手拿着傘同鋪着破草薦的新公輕鬆聊着甚麼。

「阿姐，有件事想問你一下……」新公仍顯得難為情似的有意不看阿富的臉。

「問甚麼呀？」

「倒也不是想問甚麼。……提起委身於人，是女人一生的大事。可阿富你竟要用來換貓一命……作為你來説，豈不是有些太胡鬧了？」新公就此打住。

但阿富兀自面帶笑容，撫慰懷裏的貓。

「貓就那般可愛？」

「是啊，三毛是夠可愛……」阿富含糊其辭。

「還是出於關心主人——附近都説你關心——擔心一旦三毛被殺，對不起這家的太太，可是這樣的？」

「啊，三毛貓是夠可愛，太太也很重要。不過我嘛……」阿富稍稍偏起脖頸，露出向遠處看的眼神。「怎麼説好呢，只是覺得那時若不那樣做，總好像有事沒做完似的。」

又過了幾分鐘，一個人剩下來的新公抱着舊單衣下的膝蓋怔怔坐在廚房裏。暮色在稀稀拉拉的雨點聲中向這裏漸漸逼近。天窗繩、洗碗槽旁邊的水缸等物件也一一模糊起來。很快，上野的鐘聲在雨雲下面一下下沉悶地擴展開來。新公彷彿被鐘聲驚醒，環視靜悄悄的四周。然後摩挲着下到洗碗槽那裏，用長柄勺滿滿舀了一勺水。

「村上新三郎源繁光，今天可是打了個敗仗！」他自言自語着，很香甜地喝着黃昏的水……

*　　*　　*

明治二十三年三月二十六日，阿富和丈夫、三個小孩走在上野廣小路上。

這天正是第三屆國內博覽會開幕式在竹台舉行那天，黑門一帶櫻花也差不多都開了。所以廣小路上人多得幾乎推推搡搡。不僅如此，上野那邊還有大約參加完開幕式回來的馬車和人力車絡繹不絕地列隊湧來。前田正名、田口卯吉、澀谷榮一、辻新次、岡倉覺三、下條正雄[1]——這些人也夾雜在馬車和人力車的客人之中。

丈夫抱着五歲次子，讓長子拽着衣袖，接連躲開路上眼花繚亂的人流，時而不無擔心地回頭看後面的阿富。阿富拉着長女的手，丈夫每次看時她都報以開心的微笑。當然，二十年時光也給她帶來了衰老。但眼睛裏清澈的光波同往日沒甚麼兩樣。大約明治四、五年她同古河屋政兵衛門的外甥即現在的丈夫結了婚。丈夫當時在橫濱、如今在銀座某丁目開一家小鐘錶店。

阿富驀然抬起眼睛。正當此時，迎面駛來的兩頭馬的馬車中悠悠然端坐着新公。新公、現在的新公身上又是帽檐上的鴕鳥毛、又是派頭十足的金色飾帶、又是大大小小的勳章，簡直被各種各樣的名譽標識包掩起來。但半白的鬢毛間往這邊看的紅臉膛分明是打過交道的乞丐。阿富不由放慢腳步。但奇怪的是她並未吃驚。新公不是普通的乞丐——不知為甚麼，她早已曉得這一點。不知是因為長相還是因為談吐抑或因為所帶的手槍，總之她曉得。阿富眉毛也不動一下地定睛注視新公的臉。新公也不知是故意還是偶然地盯住她的面龐。二十年前那個雨日的記憶剎那間湧上阿富的心頭，真切得幾乎令人窒息。那天她竟至為救一隻貓而要稀裏糊塗地委身於新公。那動機是甚麼呢？她不知道。而新公在那種情況下對她裸露的身體連一指頭也沒碰——那動機是甚麼呢？她也不知道。但對阿富來說那一切都是極其理所當然的。和馬車相錯時間裏，她覺得心似乎舒展開來。

新公的馬車通過時，丈夫又從人群空隙中回頭看阿富。看見丈夫的臉，她再次若無其事地報以笑臉，活潑潑的、喜滋滋的臉……

大正十一年八月

註釋：

[1] 均為明治維新時期政界、軍界要人或社會名流。

一篇愛情小說——或「愛情至上」

某婦女雜誌社的會客室。

主編：四十歲左右胖墩墩的紳士。

堀川保吉：三十歲上下，同主編正相反，瘦得不能再瘦，——很難只用一句話來形容，但有一點確切無疑：反正稱其為紳士是令人猶豫的。

主編：這次能否請您為我們雜誌寫一篇小說？近來讀者口味也好像變高了，不再滿足舊式戀愛小說……想請您寫一篇植根於深層人性的嚴肅的愛情小說。

保吉：可以寫。實際上最近我也有個小說素材想寫給婦女雜誌。

主編：是嗎？那好。如蒙賜稿，我們將在報紙上大做廣告！比如說是「堀川先生筆下無比淒婉的愛情小說」……

保吉：無比淒婉？可我的小說講的是「愛情至上」。

主編：那麼就是讚美戀愛囉？那更好。自廚川博士發表「現代愛情論」以來，一般說來青年男女的心就一直傾向於愛情至上主義。……當然是現代愛情吧？

保吉：唔——，這倒是個疑問。現代懷疑、現代盜賊、現代染髮劑……這些名堂想必是存在的。唯獨愛情自遠古伊奘諾尊伊奘冉尊以來始終沒多大變化，我覺得。

主編：那僅僅是理論上的。例如三角關係之類就是現代愛情的一個顯例，至少就日本現狀來說。

保吉：三角關係？我的小說也將出現三角關係。……大致說說梗概可好？

主編：求之不得。

保吉：女主人公是個年輕太太、外交官夫人，當然住在東京山手的公館裏。高挑身材，舉止文雅，頭髮總是——讀者要求的到底是梳着怎樣髮型的女主人公呢？

主編：耳朵掩起來的吧？

保吉：那好，就把耳朵掩起來。總是梳着掩耳髮型，膚色白皙，眉清目秀，嘴唇有點特殊韻味——以電影明星打比方，就是栗島澄子吧。外交官丈夫也是新時代的法學士，並非新派悲劇那種不諳人情世故的角色。學生時代是棒球選手。而且一表人才，皮膚微黑，小說等等也喜歡看。兩人新婚燕爾，在山手公館裏歡度時光。也有時一起去聽音樂、在銀座大街漫步……

主編：當然是地震以前吧？

保吉：嗯，地震很久以前。……有時一起去聽音樂會、在銀座大街漫步，或者在西式房間的電燈下只是無言對笑。女主人公把西式房間命名為「我們的巢」，牆上掛着雷諾阿、塞尚等人的複製畫。鋼琴的黑色琴身閃閃發亮。盆栽椰子樹枝葉婆娑。說起來是夠時尚的，而房租卻意外便宜。

主編：這些說明沒必要吧？至少小說正文裏面。

保吉：不不，有必要。因為年輕外交官的月薪是沒幾個錢的。

主編：那麼，弄成華族[1]公子哥兒好了。不過，若是華族，該是伯爵或子爵。

保吉：伯爵之子也無所謂。總之只要有西式房間即可。因我打算把西式房間或銀座大街或音樂會放在第一章。……可是妙子——主人公的名字——自從和音樂家達雄往來親密以後，逐漸覺出某種不安。達雄愛妙子——女主人公有這樣的直覺。不知何故，公爵和侯爵小說中很少上場。

而且，這種不安日甚一日。

主編：達雄是怎樣一個男子呢？

保吉：達雄是音樂天才，是羅曼·羅蘭寫的《約翰·克利斯朵夫》和瓦塞曼筆下的《丹尼爾·諾特哈福特》合二為一的天才。只是還很窮，所做的事還沒得到任何人承認。此人我準備以我的音樂家朋友為原型。不過我的朋友是美男子，而達雄不是美男子。長相活像大猩猩，是東北出生的野蠻人。唯獨眼睛具有天才特有的光閃。他的眼睛像一塊蘊含恆定熱能的火炭——便是這樣的眼睛。

主編：天才定受歡迎。

保吉：可是妙子對外交官丈夫並沒有甚麼不滿足，莫如說比以前更熱烈地愛着丈夫。丈夫也相信妙子。這是不用說的事。而妙子的苦惱也因此更為深重了。

主編：我所說的現代性即是指這種愛情。

保吉：每天只要電燈一亮，達雄必然出現在西式房間裏。若是丈夫在時倒還不怎麼難以忍受，問題是妙子一個人在家時他也出現。無奈之下，這種時候妙子只好讓他一直彈鋼琴。當然，丈夫在的時候達雄也並非就不坐在鋼琴前。

主編：一來二去就墮入情網了？

保吉：不，沒那麼容易墮入。不過二月間一個晚上，達雄忽然彈起舒伯特《獻給席爾比婭的歌》。這是一支流火一般熱情洋溢的樂曲。妙子在大椰樹葉片下聽得聚精會神。聽着聽着，開始感覺出達雄對她的愛，同時感覺出浮上眼前的金色誘惑。再過五分鐘，不，再過一分鐘，妙子就真可能投入達雄的懷抱。不料，正好樂曲快結束的時候，丈夫回來了。

主編：往後呢？

保吉：往後大約過了一個星期，妙子終究忍受不了痛苦，決心自殺。但是正處於懷孕期間，沒有勇氣當機立斷。於是她對丈夫坦白達雄愛着自己。只是，為了不使丈夫痛苦，自己也愛達雄則沒有直言相告。

主編：往下決鬥了不成？

保吉：不，丈夫只是在達雄來時冷冷謝絕了他的訪問。達雄默然咬着嘴唇，眼睛盯在鋼琴上不動。妙子佇立在窗外靜靜吞聲哭泣。此後不出兩個月，丈夫突然受命去中國漢口的領事館任職。

主編：妙子也一起去？

保吉：當然一起去。不過動身前妙子給達雄去了封信。「同情你的一片心意。但我無能為力，彼此認命吧。」——大體這個意思。自那以來妙子一直未見達雄。

主編：那，小說至此結束了？

保吉：不，還有一點點。妙子去漢口之後，時不時想起達雄。不但如此，最後還認定自己其實比愛丈夫還愛達雄。知道嗎？妙子的周圍是漢口寂寥的風景——唐代崔顥那首詩中曾有這樣的描繪：「晴川歷歷漢陽樹，芳草萋萋鸚鵡洲。」妙子終於——大約一年過後——給達雄去了封信。「我是愛你的，現在仍愛你。請可憐這個自我欺騙的我吧。」——大體這個意思。接到這封信的達雄……

保吉：無論如何也不可能那樣。因為達雄為了餬口，正在淺草一家電影院彈鋼琴。

主編：當即前往中國？

主編：有點掃興啊！

保吉：掃興也沒辦法。達雄是在城邊簡陋的咖啡館裏拆開妙子的信的。窗外下着雨。達雄看着信發呆。他恍惚從字裏行間看見了妙子的西式房間，看見了鋼琴蓋上電燈輝映下的「我們的巢」……

主編：有點美中不足。不過算是近來的傑作了，務必寫出來！

保吉：還有一點呢。

主編：怎麼，還沒結束？

保吉：嗯。不一會兒，達雄笑了起來。笑聲剛落，又恨恨罵道「混賬！」

主編：哦，他瘋了？

保吉：哪裏，是為事情的荒唐發脾氣。也難怪他發脾氣。因為他壓根兒沒愛過妙子……

主編：可是，這……

保吉：達雄去妙子家是想彈那架鋼琴。不妨説，他愛的是鋼琴。畢竟貧窮的達雄沒甚麼錢買鋼琴。

主編：不過堀川先生……

保吉：可是能在電影院彈鋼琴那陣子對於達雄還算是幸福的。上次地震之後，達雄當了巡警。護憲運動發生時被善良的東京市民圍打了一頓。只是，每當巡邏山手當中偶爾有鋼琴聲響起，他便站在那家門外不動，幻想那縹緲的幸福。

主編：那麼，好不容易形成的小説……

保吉：啊，聽我説下去。這期間妙子也在漢口住所依舊思念達雄。也不光在漢口，外交官丈夫每次調任時——短時間寄居上海也好北京也好天津也好——她都始終如一地思念達雄。當然，地震那時候已有好幾個小孩了。呃——，雙胞胎相差一歲，該有四個孩子了。況且，不知不覺之間丈夫成了大酒桶。儘管如此，豬一樣胖的妙子依然認為只有達雄和自己真心相愛。着實愛情至上啊！若不然，妙子無論如何也不能像妙子這樣幸福，至少不可能無怨無恨地置身於人生這個泥沼——怎麼樣，這篇小說？

主編：堀川先生，你果真是嚴肅的麼？

保吉：嗯，當然是嚴肅的。請看看坊間的愛情小說好了，女主人公不是瑪麗亞就是克婁巴特拉[2]，不對嗎？但是，生活中的女主人公不一定是貞女，也未必是蕩婦。如果好心讀者當中有一兩個人對這種小說信以為真，結果就可想而知。當然，愛情圓滿成功則另當別論；可是萬一失戀，必然做出滑稽可笑的自我犧牲，或者實踐更為滑稽可笑的復仇精神。而且當事者本人還執迷不悟，自以為是甚麼英雄壯舉。然而我的小說絲毫沒有擴展這種不良影響的傾向。何況結尾還讚美女主人公的幸福。

主編：你是開玩笑吧？……反正我們雜誌絕不可能刊登。

保吉：是嗎？那麼，我另找地方刊登就是。茫茫人世，總該有一兩家容納我這一主張的婦女雜誌。

歸終，這篇對話刊登在這裏，說明保吉的預想並沒有錯。

註釋：

[1] 日本明治維新後第二年（一八六九）授予一部份人的特權身份，介於皇族與士族之間，一八八四年分授公、侯、伯、子、男爵位。

[2] 即所謂的「埃及艷后」。

單相思

（某夏日午後在京浜電車中遇上一起從大學畢業的一個好友，他對我講了這樣一件事。）

那是前些日子去Y處為公司辦事時的事。對方設宴款待我。畢竟是Y，很有氣派：壁龕裏掛着石版印刷乃木大將的掛軸，前面插着人工牡丹花。一來傍晚開始下雨，二來人數比較少，感覺上比預想中的好。二樓也像有一場宴會，幸好沒有當地常見的喧鬧。不料，陪酒的女招待之中——

想必你也知道，過去我們常去喝酒的U的女招待裏面有個叫阿德的女子，低鼻樑、窄額頭、那裏面最活躍的傢伙。就是那傢伙進來了。一身陪酒裝束，拿着酒壺，和其他朋輩同樣裝模作樣的。起始我以為看錯人了，等來到旁邊細看，確是阿德無疑。說話時兩腮一鼓一癟的毛病也一如往日。說實話，我倒是感覺無常來着。儘管如此，志村還對她害單相思來着！

志村那小子，那時候可動真格的了。去青木堂買來小罐甜薄荷酒，說甚麼「甜着呢，喝口試試」。酒或許甜，可志村也夠甜的。

那個阿德如今正在這種地方幹這個買賣！遠在芝加哥的志村聽了，會是怎樣的心情呢？這麼一想，我很想搭話，但還是忍住了。阿德就那個德行，以前在日本橋時的事也不是沒跟你說過。

豈料，對方主動打招呼了：「好久不見了，我在U的時候見您以後再沒見過。您一點兒都沒變的。」阿德這傢伙，來的時候就已經醉了。

可是不管怎麼醉，到底是久別重逢，再說又有志村那件事，自然大聊特聊一通。結果，那一夥人便猜疑我們肯定有那種關係，吵吵嚷嚷起哄。何況又是主人帶頭，說甚麼若不一一坦白不准離席，實在不好應付。於是我講了志村買甜薄荷酒的故事，說「這就是讓我的好友得了單相思病的女人！」自覺傻氣，但那樣說了。主人是上年紀的人，我一開始就是被這位伯伯領着出入茶樓酒肆的。

一說起單相思，大家全都情緒高漲，連其他藝妓也一齊尋阿德的開心。

可是阿德這個福龍並不認賬——福龍你知道吧，八犬傳中關於龍那一章裏有一處說「悠游自在，故以福龍稱之」。而這個福龍則大大來了個悠游不自在，十分好笑。當然這是題外話了——不認賬的理由又甚是堂而皇之：「就算志村迷戀我，我也並沒有非迷戀志村不可的義務嘛！」

此外還有話呢：「如果不是那樣，我早該有更好的時光！」

這就是所謂單相思的悲哀。講到最後居然舉例為證——阿德這傢伙講起風流事了。我讓你聽的就是這風流事。畢竟是風流事，沒多大意思的。

也真是奇怪，聽起來再沒有比夢和男女私情更索然無味的了。（於是我解釋說「因為除了當事人，別人不懂其中的妙處」。「那麼說，寫小說時也不容易把夢和男女私情寫進去嘍？」「夢是感覺性的東西，尤其不容易。小說裏邊出現的夢，真正像夢的幾乎一個也沒有。」「不過，戀愛小說可是有很多傑作的吧？」「正因如此，不能傳之後世的劣作數量也是可想而知的。」）

曉得這個，話就好說多了。反正這也是愚不可及的劣作。用阿德的口氣說，全是「我的單相思那樣的東西」。你就權當這個聽好了。

阿德迷戀上的男人是個演員，是她還在淺草田原町娘家的時候在公園裏一眼看上的。這麼說，你大概以為是宮戶劇團或常盤劇團裏跑龍套的，那就錯了。說起來，以為是日本人就不對。是個洋鬼子演員，還是個半截子，活讓人笑掉牙。

阿德既不知道那個人的名字，又不曉得家住哪裏，甚至國籍都不清楚。至於是有老婆的還是獨身更是問也沒問。好笑吧？就算再單相思，也未免過於傻氣。我們常在若竹那陣子，即使不知道「語物」[1]，但對方是日本人、藝名叫升菊之類總還是知道的——我這麼一開玩笑，阿德那傢伙竟然板起面孔說：「我何嘗不想知道！

但不知道就是不知道，有甚麼辦法呢！畢竟是在銀幕上遇到的麼。」

銀幕上？奇怪。若説銀幕中倒還明白。這個那個一問，得知那個所謂戀人原來是電影上的西方一個「曾我之家」[2]。這讓我也吃了一驚，果然是在銀幕上。

其他人好像覺得結局不過癮，有人一個勁兒冷嘲熱諷。因是碼頭，人們都很粗俗。不過看上去阿德不像説謊，眼睛倒是迷迷糊糊的。

「每天都想去，但零花錢接續不上，所以我只能每星期去看一次。」如何？好戲在後頭呢。「這一次還是死活央求阿媽給錢去的。人坐滿了，只能在旁邊角落裏看。結果，好不容易等到那人的臉龐出現了，可看上去扁平扁平的。我麼，傷心啊傷心啊傷心得不得了。」説着，把圍裙掩在臉上哭泣起來。有的銀幕上，戀人的臉看起來竟皺成一團，就更加悲從中來。對此我也同情。

「那個人演的不同角色我看了十二三次。長臉、削瘦、留鬍子，基本上穿你身上那種黑乎乎的衣服。」——我穿的是晨禮服。剛才我吸取教訓，來個先發制人，問道長得也像我吧，她一副不屑的神氣：「比你好。」「『比你好』這説法豈不太傷人了？」「跟你説，到底是在銀幕上相遇的。如果是活生生的人，就能搭話、能眉目傳情。可終究是電影，無可奈何。」況且是電影！想以身相許也許不成。「這就是一廂情願吧。對不情願的人，也要想方設法讓他情願，志村就常送給我藍酒來着。可是我連這點也辦不到。莫非報應不成？」那還用説！這傢伙好笑是好笑，還是蠻叫人感動的。「當了藝妓之後，也曾帶客人去看過電影，卻不知為甚麼，那個人再也不在電影上出現了。甚麼時候看都是甚麼名金啦甚麼齊哥馬[3]啦，全是根本不想看的貨色。最後我也徹底死心塌地了：今生今世再無緣份了。跟你説……」

別人不搭理，阿德只管逮住我説個不停，已經半帶哭腔了。「跟你説，來到這地方以後，才在一天晚上去看電影的時候看到他從電影上出來了——好幾年沒看到了——大概是西方一座城鎮，路上鋪着石板，中間長着一棵梧桐樹那樣的樹，兩旁全是洋樓。只是，影片怕是舊了，看上去四下像黃昏似的模模糊糊。房子和樹木都奇異地顫抖不止——很凄涼的景致。這當兒，那個人牽一隻小狗叼着煙出來了。仍然身穿黑衣服，手提文明棍，和我小時看的一模一樣……」

一晃兒十年後同戀人不期而遇，對方是在電影上，想必模樣沒變，而這邊的阿德已經成了福龍。如此想來，也着實可憐。

「正看着，他在樹那裏一下子停住，朝我這邊轉過臉，摘下帽子微笑。看上去簡直是朝我打招呼。知道名字真想叫他一聲……」

那就叫叫看，肯定被人當成瘋子。雖說Y這地方，但也不至於有哪個藝妓迷戀上電影演員。

「這當兒，一個小個子洋婦人從對面獨自走來，撲在那人身上。用解說員的話說，這就是他的情婦。老大不小的年紀，卻戴一頂蠻大的羽毛帽子，別提有多惡心了！」

阿德是在嫉妒，儘管只是電影。

（說到這裏，電車進入品川，我要在新橋下車。知道這點的朋友擔心講不完，不時覷一眼窗外，以有點發慌的語調繼續下文。）

接下去，影片上鬧出種種事情，歸終那個男子被警察逮捕了事。阿德說得詳詳細細，可惜現在記不得了。

「一大幫人圍上來把他捆了起來。不，那時候已經不是剛才那條街道了，好像在一家西式酒館裏。酒瓶排成一排，角落裏掛一個很大的鸚鵡籠子。看上去是夜晚，到處一片藍光。藍光之中——我看見他在藍光之中一副要哭的樣子。即使你看了也肯定難過的。滿眼淚水，半張着嘴……」

就在這時哨音響了，電影畫面消失，剩下的只有白色幕布。阿德那傢伙倒是會說：「全都消失了。消失了，化為一場夢幻——一切都不例外。」聽得這個，像是大大開悟了。可阿德是又哭又笑地對我這麼說的，聲音裏含有怨氣。跟你說，弄不好，那傢伙要發神經的。

不過，就算發神經，也是有真情實意在裏邊的。說不定，迷戀電影角色是她編造出來的，而其實說不定是曾對我們當中的某個人害單相思。

（這時，兩人乘坐的電車駛入暮色中的新橋站。）

註釋：

[1] 說唱故事。日本說唱藝術的一種形式，配樂講述故事。與「歌物」相對。

[2] 大正初年由曾我之家五郎、十郎創立的日本最早的喜劇團。

[3] 一九一一年在日本放映的法國一偵探片中的主人公名。

侏儒警語

序

「侏儒警語」未必傳達我的思想，但可以從中不時窺見我思想變化的軌跡，僅此而已。較之一根草，或許一條藤蔓能伸出更多的分支。

星

古人一語中的：太陽光下無新事。但無新事並不僅僅是在太陽光下。

據天文學家的說法，海格力斯星群發出的光抵達我們地球需三萬六千年之久。可是海格力斯星群也不可能永遠發光不止，遲早將如冷灰失去美麗的光芒。而死總是孕育着生。失去光芒的海格力斯星群也是如此，它在茫茫宇宙中徘徊時間裏，只要遇到合適機會，便有可能化為一團星雲，不斷分娩出新的星體。

較之宇宙之大，太陽也不外乎一點磷火，何況我們地球！然而，遙遠的宇宙終極和銀河之畔所發生的一切，其實同我們這泥團上的並無二致。生死依照慣性運動定律循環不息。每念及此，不由對天上散在的無數星斗多少寄予同情。那閃爍的星光彷彿在表達與我們同樣的感情。詩人已率先就此引吭高歌，讚美永恆的真理：

細砂無數，星辰無數，

當有一星，發光予吾？[1]

但星辰的流轉正如人世的滄桑，未必盡是賞心樂事。

鼻

假如克婁巴特拉的鼻子是彎的，世界歷史或許為之一變——此乃帕斯卡[2]有名的警句。然而戀人們極少看清真相。不，莫如說我們的自我欺騙一旦陷入熱戀便將演示得淋漓盡致。

安東尼也不例外。假如克婁巴特拉的鼻子是彎的，他勢必佯裝未見。在不得不正視時也難免尋找其他長處以彌補其短。所謂其他長處便是：天下再沒有如我們戀人這樣集無數長處於一身的女性。安東尼也必定和我們同樣，從克婁巴特拉的眼睛和嘴唇中尋求彌補。何況又有「她的心」！其實我們所愛的女性古往今來無不有一顆完美——完美得無以復加——的心。不僅如此，她們的服裝、她們的財產或者她們的社會地位等等也都可以成為長處。更有甚者，甚至以前被某某名士愛過的事實以至傳聞都可列為其長處之一。況且，那克婁巴特拉不又是極盡奢華的充滿神秘感的埃及最後女王嗎？香煙繚繞，珠光寶氣，倘再手弄荷花，約略彎曲的鼻子根本不至於為人目睹。何況安東尼的眼睛！

我們這種自我欺騙並不僅僅限於戀愛。總的說來，我們都在隨心所欲——儘管程度略有不同——塗改事實真相。縱然牙科醫院的招牌也是如此：我們眼睛看到的，較之招牌本身，更是急欲打出招牌的慾念以至我們的牙痛，不是嗎？當然我們的牙痛與世界歷史無關。但這種自我欺瞞是千篇一律發生在每一個人身上的——無論想知道民心的政治家，還是想知道敵情的軍人，抑或想知道經濟形勢的實業家。我毫不否認對此予以修正的理智的存在。同時也承認統領諸般人事的「偶然」的存在。但，大凡熱情都容易忘記理性。「偶然」可謂天意。這樣一來，我們的自我欺騙便很可能成為足以左右世界歷史的永久力量。

這就是說，兩千餘年的歷史並不取決於一個克婁巴特拉的鼻形如何，而更取決於所在皆是的我們的愚昧，取決於應該嗤之以鼻而又道貌岸然的我們的愚昧。

修身

道德是權宜的別名，大約如「左側通行」之類。

* * *

道德賜予的恩惠是時間與力氣的節省，而帶來的損害則是良心的徹底麻痹。

* * *

肆意違反道德者乃經濟意識匱乏之人；一味屈從道德者乃懦夫或懶漢。

* * *

支配我們的道德是被資本主義毒化了的封建時代的道德。除受害以外，我們幾乎沒得到任何好處。

* * *

不妨説，強者蹂躪道德，弱者則又受道德的愛撫。遭受道德迫害的，通常是介於強弱之間者。

*　*　*

道德經常身着古裝出場。

*　*　*

良心並非如我輩的鬍鬚隨年齡的增長而增長。即使為了獲取良心，我們也須進行若干訓練。

*　*　*

一國民眾，九成以上為無良心者。

*　*　*

由於年少，或由於訓練的不充份，我們在獲取良心之前被指責為寡廉鮮恥，這是我們的悲劇。

而我們的喜劇則在於在被指責為寡廉鮮恥者之後終於獲取了良心——由於訓練的不充份，或由於年少。

* * *

良心乃嚴肅的趣味。

* * *

良心也許製造道德。而道德至今仍未造出良心的「良」字。

* * *

如同所有趣味，良心也擁有近乎病態的嗜好者。其中十之八九若非聰明的貴族即乃睿智的富豪。

好惡

我像喜歡古酒一樣喜歡古希臘之快樂學說。決定我們行為的既非善亦非惡，而僅僅是我們的好惡，或曰我們的快與不快。我只能如此認為。

那麼，我們為何在隆冬之日遇見即將溺水的兒童而主動跳入水中呢？因為以救人為快。那麼，使得我們擯除入水之不快而選擇救助兒童之快的尺度是甚麼呢？乃是更大的快。但肉體的快與不快與精神的快與不快所依據的應當不是同一尺度。其實這兩種快與不快並非完全不相容，毋寧說相互融為一體。正如鹹水和淡水。未受過精神教養的京阪地區的紳士諸君在啜罷水魚湯之後復以鰻魚下飯實際上不也感到無上之快麼？而且冬泳也顯示出肉體之快是可以依存於冷水與寒氣的。若對此仍有懷疑，不妨想一下性變態被虐狂。那種可詛咒的被虐性變態性慾便是在這種看上去異乎尋常的肉體快與不快之中加入了常規傾向。據我所信，或以立柱苦行為樂或視火中殉教如歸的基督教聖賢便似乎大多帶有受虐心理。

如古希臘人所說，決定我們行為的無非好惡而已。我們必須從人生之泉中汲取至味。不是麼，就連耶穌都說「勿像法利賽之徒那樣終日面帶憂傷」。所謂賢人，歸根結蒂就是能使荊棘叢生之路也綻開玫瑰花之人。

侏儒的祈禱

我是穿五彩衣、獻筋斗戲的侏儒，唯以享受太平為樂的侏儒，敬祈滿足我的心願：

不要使我窮得粒米皆無，不要讓我富得熊掌食厭。

不要讓採桑農婦都對我嗤之以鼻，不要使後宮佳麗亦對我秋波頻傳。

不要讓我愚昧得麥菽不分，不要使我聰明得明察雲天。

尤其不要使我成為英雄而勇敢善戰。時下我便不時夢見或跨越驚濤駭浪或登臨險峰之巔，即在夢中變不可能為可能——再沒有比這種夢更令人惶恐不安。如與惡龍搏鬥一樣，我正在為同夢的對峙而苦惱不堪。請不要讓我成為英雄，不要使我產生雄心義膽，永保這無能無力的我一生平安。

我是醉春日之酒誦金縷之歌的侏儒，唯求日日如此天天這般。

神秘主義

神秘主義並不因文明而衰退，莫如說文明給予神秘主義以長足進步。

古人相信我們人類的祖先是亞當，即相信創世紀；今人甚至中學生都相信是猿猴，即相信達爾文著作。亦即，在相信書籍方面今人古人並無區別。上古之人至少曾目睹創世紀，而今人除少數專家外根本沒有讀過達爾文著作卻恬然相信其說。較之以耶和華哈氣的泥土即以亞當為祖先，以猿猴為祖先作為信念並不更光彩奪目。然而今人無不深信不疑。

亦不限於進化論。即使地球是圓的這點，真正知曉的人也是少數。大多數人無非人云亦云篤信而已。若追問何以是圓的，則上愚自總理大臣下愚至低薪一族，無不渾渾噩噩。

下面試舉一例：今人無一人像古人那樣相信真有幽靈。可是見過幽靈的說法至今綿延不絕。為甚麼相信那樣的說法呢？因為看見幽靈者為迷信所俘虜。何以為迷信所俘虜呢？因為見過幽靈。今人這種論法當然不外乎循環論法。

自不待言，更深入複雜的問題簡直完全立足於信念之上。我們對理性置若罔聞，而僅僅對超越理性的某物洗耳恭聽。對於某物我只能稱之為「某物」，連名稱都無從覓得。若勉強命名，只能採用諸如薔薇、魚蝦、蠟燭等象徵手法。縱然稱為我們的帽子亦可。我們像不戴鳥翎帽而戴軟帽和禮帽一樣相信祖先是猿猴、相信幽靈的子虛烏有、相信地球是圓的。不相信的人想一想日本歡迎愛因斯坦博士或歡迎其相對論的情形好了。那是神秘主義的慶典，是匪夷所思的莊嚴儀式。至於為何而狂熱，就連「改造」[3]社主人山本氏亦渾然不知。

那一來，偉大的神秘主義者就不是史威登堡[4]也不是伯麥[5]，而是我們文明之民。並且，我們的信念也同三越[6]的彩色陳列窗毫無二致。支配我們信念的經常是難以捕捉的流行，或是近似神意的好惡。實際上，西施和龍陽君的祖先也是猿猴這一想法未嘗沒給我們以些許安慰。

自由意志與宿命

總之，若相信宿命，罪惡便不復存在，懲罰也失去意義，我們對罪人的態度也因之寬大起來。而若相信自由意志，則產生責任觀念而免使良心麻痹，我們對自身的態度必因此變得嚴肅。那麼，應何去何從呢？

我想這樣回答：應該半信自由意志半信宿命。或應半疑自由意志半疑宿命。為甚麼呢？因為我們通過我們背負的宿命而娶了我們的妻；同時又因我們擁有的自由意志而未必一一按妻的吩咐為其買來披風及和服帶，不是嗎？

亦不僅僅限於自由意志和宿命，對於神靈與惡魔、美麗與醜陋、勇敢與怯懦、理性與信仰等所有天平的兩端都應取如此態度。中庸在英語中為 good sense。據我所信，除非具有 good sense，否則就無以得到任何幸福。即使得到，也只能是炎夏擁炭火寒冬揮團扇那種虛張聲勢的幸福。

小兒

軍人近乎小兒，喜歡擺出英雄架勢，喜歡所謂光榮，這點早已無須贅述。崇尚機械式訓練，注重動物式勇氣，此乃唯獨小學才可見到的現象。至於視殺戮如兒戲更與小兒毫無不同。尤其相似的是，只要軍號軍歌一響，便欣然衝殺而竟不問為何而戰。

因之，軍人引以為自豪的，必同小兒的玩具相似無疑。用緋色皮條穿起的鎧甲和鍬形頭盔並不適合於大人的雅趣。勳章在我看來也委實不可思議。軍人何以能在未醉酒的情況下掛起勳章招搖過市呢？

武器

正義類似武器。只要出錢，武器即可為敵方又可為我方所收買。而正義也是如此，只要振振有詞，即為敵方又為我方所擁有。「正義之逆賊」一詞古來便如炮彈一般飛來飛去。至於哪一方是真正的「正義之逆賊」，極少黑白分明，除非為其辭令所蠱惑。

日本工人僅僅因為生為日本人，便被勒令撤離巴拿馬，顯然有違正義。如美利堅報紙所說，乃「正義之逆賊」。可是，支那工人也僅僅由於生為支那人便被逐出千住[7]，此亦有違正義。如日本報紙所說——即使報紙不說——兩千年來日本始終是「正義的朋友」。看來，正義還從不曾同日本的利害關係相矛盾。

武器本身不足為懼，恐懼的是武將的武藝。正義本身不足為懼，恐懼的是煽動家的雄辯。武后不顧人天共怨，冷然蹂躪正義。但遭遇李敬業之亂而讀得駱賓王檄文時仍不免為之失色。「一抔之土未乾，六尺之孤安在」——如此名句只有遇得天生的 demagogue（煽動家）方能脱口而出。

每次翻閱史書，我都不由想起游就館[8]。幽暗之中，「過去」之廊裏陳列着種種正義。形似青龍刀者大概是儒教之正義，彷彿騎士長槍者想必是基督教之正義。此處粗大的棍棒當是社會主義者之正義；彼處帶鞘的長劍應為國家主義者之正義。目睹這一件件武器，我屢屢想像一場場征戰，感到一陣陣心悸。但不知幸與不幸，記憶中我從未想有過拿一件自身武器的慾望。

尊王

十七世紀法國有這樣一個故事。一天，勃艮第公爵向舒瓦西神父問道：查理六世瘋了，如何說才能委婉道出這個意思呢？神父當即回答：「若是我，就直接說查理六世瘋了。」舒瓦西神父將這句答話列入一生冒險之中並久久為之得意。

十七世紀的法蘭西富有尊王精神，致使這樣的逸聞流傳下來。但二十世紀的日本在富有尊王精神這點上似乎並不亞於當時的法蘭西——委實喜幸之至[9]。

創作

藝術家或許總是有意識地構築他的作品。但就作品本身來看，有一半存在於超越藝術家的神秘世界。一半？說大半也未嘗不可。

妙在我們往往不打自招。我們的靈魂難免自然流露於作品之中。古人所謂一刀一拜[10]，其意莫非在於訴說對這種無意識境界的敬畏？

創作經常是在冒險。歸根到底，竭盡人力之後便只能聽命於天。

> 少時學語苦難圓，唯道工夫半未全。
> 到老始知非力取，三分人事七分天。

趙甌北這首論詩七絕大約傳達出了箇中真諦。藝術總是奇妙地帶有某種無可捉摸的可怕神威。如若我們一不貪財二不求名，且最後不為近乎病態的創作慾所折磨，我們恐怕就不會產生同這種可怕的藝術格鬥的勇氣。

鑒賞

藝術的鑒賞來自藝術家本身同鑒賞者的合作。可以說，鑒賞者不過是以某一作品為題來嘗試他自身的創作。因而，任何時代都不失卻聲譽的作品必然具有足以使種種鑒賞成為可能的特色。但並不是說——正如法朗士所言——足以使鑒賞成為可能並不意味其含義帶有某種曖昧性而可以隨意解釋。毋寧說它猶如廬山峰嶺，具有堪從各個角度加以鑒賞的多樣性。

古典

古典的作者是幸福的，因為反正都已死去。

又

我們——或者諸君——是幸福的，因為反正古典的作者都已死去。

幻滅的藝術家

一群藝術家居住在幻滅的世界裏。他們不相信愛，不相信所謂良心，只是像古之苦行僧那樣以虛無的沙漠為家。這點固然有些悲哀。然而美麗的海市蜃樓卻是僅僅出現在沙漠上空的。對一切人事感到幻滅的他們對藝術則仍心往神馳。只要一提起藝術，他們眼前便出現常人所不知曉的金色夢幻。其實他們也並非不擁有幸福的瞬間。

坦白

徹底自我坦白任何人都無法做到。為訴說甚麼又不得不自我坦白。

盧梭[11]是喜歡坦白的人，卻無法從《懺悔錄》中發現他赤裸裸的自身。梅里美[12]是討厭坦白的人，但《高龍巴》不是於隱約之間談了他自己麼？說到底，坦白文學同其他文學的界線並非如外表那般清晰。

人生——致石黑定一君[13]

如果有人命令沒學過游泳的人游泳，想必任何人都認為是胡鬧；同樣，如果有人命令沒學過賽跑的人快跑，人們也不能不覺得荒唐。可是無獨有偶，我們自一降生便背負這種滑稽的命令。

難道我們在娘胎時學過怎樣應付人生嗎？然而剛一脫胎，便不由自主地一步步踏入這類似大型賽場的人生。沒學過游泳的人理所當然游不出個名堂，沒學過賽跑的人勢必望塵莫及。這樣，我們也不可能完好無損地走出人生賽場。

誠然，世人也許會說：「看看前人足跡就可以了嘛！那裏自有你們的榜樣。」——問題是縱使觀看百米游泳健兒或千米賽跑選手，也不至於馬上學會游泳或賽跑。何況彼等游泳健兒統統都是嗆過水，賽跑選手無一不是渾身沾滿過賽場髒土的。試看，甚至世界名將不也是在滿面春風中隱約透出幾分苦澀麼！

人生類似由狂人主辦的奧林匹克運動會。我們必須在同人生的抗爭中學習對付人生。如果有人對這種荒誕的比賽憤憤不平，最好盡快退出場去。自殺也確乎不失為一條捷徑。但決心留在場內的，便只有奮力拚搏。

又

人生類似一盒火柴。視為珍寶未免小題大做，反之則不無危險。

又

人生近乎嚴重缺頁的書。很難稱其為一部，卻僅此一部。

某自警團員的話

好了，去自警團上班好了！今夜星斗也在樹梢上涼光熠熠，微風緩緩吹來。就躺在這長藤椅上點燃一支馬尼拉雪茄，悠悠然徹夜值班好了！口渴時喝一口壺裏的威士忌，衣袋裏還剩有巧克力棒也求之不得。

聽，夜鳥在高高的樹梢上喧嘩。鳥們想必不知曉這次大地震帶來的災難。而我們人則在品嘗喪失衣食住之便的所有痛苦。不，豈止衣食住，喝不上一杯檸檬汽水都要使我們多少忍受不適的折磨。人這兩腳獸是何等窩囊的動物啊！當我們最後失去文明之時，那才正如風中殘燭一樣必須守護垂危的生命。看，鳥已靜靜入睡，不知蓋被和墊枕的鳥們！

鳥已靜靜入睡。夢大概也比我們的安然。鳥僅活在此時此刻。而我們人卻必須活於過去活於未來。這意味必須遭受悔恨和憂慮之苦。尤其是此次大地震不知將給我們的未來投以多大的淒涼陰影。被燒毀了東京的我們在苦於今日飢餓的同時還苦於明日飢餓。鳥們所幸不知此痛苦，不，不限於鳥們。

據傳小泉八雲曾說當人不如當蝴蝶。蝴蝶！如此說來看那螞蟻好了！假如幸福僅僅意味痛苦少，那麼螞蟻也應比我們幸福。可是我們人曉得螞蟻所不知曉的快樂。螞蟻也許沒有因破產或失戀而自殺的苦難，但也不可能和我們同樣懷有愉快的希望，不是嗎？至今我們仍記得，記得自己曾在月色朦朧的洛陽廢都憐憫一行都不知曉李太白之詩的無數蟻群！

可是，叔本華……算了，不談哲學了。反正有一點是確定的：我們和那裏的螞蟻大同小異。哪怕這一點——僅僅這一點——是確定的，那麼，我們必須更加珍惜人所特有的感情的全部。自然只是冷冷注視我們的痛苦。我們必須互相憐憫。而歡喜殺戮——絞殺對手甚至比語驚四座還要來得容易。

我們必須互相憐憫。叔本華的厭世觀給予我們的教訓不也在這裏嗎？

夜似已過半。星斗依然在頭頂涼光熠熠。好了，你喝威士忌吧，我躺在藤椅上嚼一支巧克力棒。

地上樂園

地上樂園的光景屢屢出現在詩歌中。遺憾的是，我從未產生過想在詩人筆下的地上樂園安居的念頭。基督教徒的地上樂園終歸是單調無聊的全景畫卷，黃老學者的地上樂園無非索然無味的中國風味小吃店。更何況近代烏托邦之類——任何人恐怕都還記得威廉·詹姆斯[14]曾為之戰慄。

我們希冀的地上樂園不是此類天然溫室。同時也並非兼作學校的衣食供應站。地上樂園大體應該是這樣的地方：居於其中，雙親必然隨着子女的成長而停止呼吸；兄弟姐妹即使生為惡棍但決不生為白癡，因而毫不互為負擔；女人一旦成為人妻，馬上借得家畜之魂而變得百依百順；小孩無論男女，全都可以遵從父母的意志和情感而在一日之中數次或聾或啞或為膽小鬼或作睜眼瞎；甲友不比乙友窮，乙友亦不比甲友富，從而在相互吹捧中獲得無上的愉悦。

這並非我一人獨有的地上樂園，也是普天下善男信女的人間天國。不過，古來善於想入非非的詩人學者都不曾夢想過如此光景。這也沒甚麼不可思議。因為這一夢境過於充滿真實的幸福。

附記：我的外甥夢想購買倫勃朗的肖像畫。卻不夢想得到十元錢。因為十元零花錢過於充滿真實的幸福。

暴力

人生通常是複雜的。為使複雜的人生變得簡單，除了訴諸暴力別無他法。故只具有舊石器時代腦髓的文明人往往愛殺戮勝過愛辯論。

說到底，權力也是獲得專利的暴力。即使為統治我等芸芸眾生，恐怕也需要暴力，或者不需要暴力。

常規做法

實在不幸，我不具有對「常規做法」頂禮膜拜的勇氣。豈止如此，事實上還每每嗤之以鼻。然而有時對其懷有愛也是不容否認的。愛？較之愛或許應稱之為憐憫。但不管怎樣，反正對「常規做法」無動於衷。果真如此，人生勢必變成不堪入住的精神病院。斯威夫特[15]的最後發瘋，只能說是必然歸宿。

據說斯威夫特發瘋前夕，曾眼望唯獨尖梢枯萎的樹自言自語：「我很像那棵樹，先從腦袋開始報銷。」每次想起這段逸聞都禁不住為之戰慄。值得暗自慶幸的是，我沒有生為斯威夫特那般聰明絕頂的一代鬼才。

櫧米樹葉

徹底幸福是僅僅賦予白癡的特權。任何樂天主義者都不可能始終面帶笑容。假如真正允許樂天主義者存在，那只意味着對幸福何等絕望。

「居家吃飯，櫧米樹碗；旅途之餐，敷其葉片。」[16]此詩抒發的並不純粹是行旅之情。較之「希望」得到甚麼，我們更多的是同「能夠」得到甚麼達成妥協。學者想必賦予樹葉以林林總總的美名。但若不客氣地拿到手中細看，櫧米樹葉終歸是櫧米樹葉。

讚嘆櫧米樹葉的確比主張以櫧米樹葉為餐具值得尊敬，但恐怕不如對其付諸一笑顯得高雅。至少終生不厭其煩地重複同一讚嘆是滑稽而不道德的。實際上，偉大的厭世主義者也並非終日愁眉苦臉。就連身患不治之症的萊奧帕爾迪[17]有時也在蒼白的玫瑰花中浮現出凄寂的微笑……

追記：不道德是過度的異名。

佛陀

悉達多[18]偷偷跑出王宮後苦修六年。所以苦修六年，當然是極盡奢華的宮中生活的報應。作為證據，拿撒勒的木匠之子[19]似乎只斷食四十日。

又

悉達多讓車匿[20]拉着馬轡悄然離王宮而去。但他的思辨癖屢屢使其陷入melancholy（抑鬱症）。那麼，偷出王宮後讓他舒一口氣的，究竟是將來的釋迦無二佛[21]還是其妻耶輸陀羅，恐怕很難斷定。

又

悉達多苦修六年後在菩提樹下達成正覺。他的悟道傳説表明應如何支配物質之精神。他首先水浴，繼而食乳糜，最後同牧羊少女難陀婆羅交談。

政治天才

自古以來政治天才便似乎被認為是以民眾意志為其自身意志者。其實大概恰恰相反。毋寧說政治天才是以其自身意志為民眾意志之人。至少口頭表達上能使民眾昏昏然相信此乃他們大家的意志。因此，政治天才大約兼有演戲天才。拿破崙曾說「莊嚴與滑稽僅一步之差」。這句話與其說是帝王之言，更像出自名優之口。

又

民眾是相信大義的。而政治天才總是對大義本身分文不捨。但為了統治民眾又必須借用大義這一面具。而一旦借用一次，便再也無法摘掉直至永遠。若強行摘掉，任何政治天才都只能不日死於非命。也就是說，帝王為了保住王冠在身不由己地接受統治。所以，政治天才的悲劇未必不兼有喜劇。例如兼有古時仁和寺法師舉鼎揮舞那種《徒然草》[22]中的喜劇。

戀情強於死

「戀情強於死。」這句話也出現在莫泊桑的小說裏。但世上比死更強有力的東西不僅僅是戀情。例如傷寒患者等必須吃罷一口餅乾方能最後死去便是食慾強於死的證據。此外諸如愛國心、宗教熱情、人道精神、名利慾、犯罪本能等等,強於死的東西必定不在少數。換言之,所有激情都比死更強有力(當然對死的激情除外)。以戀情而言,似乎也很難斷定它在激情中尤為強於死。甚至看上去容易被認為是戀情強於死的場合,實質上支配我們的仍是法國人的所謂包法利主義——始自包法利夫人的感傷主義,習慣於將我們本身空想成傳奇中的戀人角色。

地獄

人生比地獄更為地獄。地獄所施加的苦難不曾打破一定的常規。譬如餓鬼之苦,不過是在將要取食眼前飯菜時上面突然起火而已。然而不幸的是人生所給予的苦難並不這麼單純。取食眼前飯菜之際,既有時上面躥起火苗,又有時意外手到擒來。而津津有味地食罷,既有時上吐下瀉,又有時乖乖消而化之。在這種莫名其妙的世界面前，任何人都不可能輕易得手。假如墮入地獄，我保準以閃電速度一把奪過餓鬼飯食。更何況甚麼刀山血海之類，只消住上三年兩載，也就可以處之泰然。

醜聞

公眾喜愛醜聞。白蓮事件[23]、有島事件[24]、武者小路實篤事件[25]——公眾從這些事件中找到了多麼大的滿足啊！那麼，公眾何以喜愛醜聞尤其熱衷於世之名人的醜聞呢？古爾蒙[26]是這樣回答的：「因為隱蔽的自家醜聞得以顯得理所當然。」

古爾蒙的回答一針見血，但未必盡然。連醜聞都製造不出的凡夫俗子們在所有名士的醜聞中找出了足以辯護自己怯懦無能的最好武器，同時物色到了賴以樹立自己實際上並不存在的優勢的台基。「我沒有白蓮女士那麼漂亮，但比她貞潔」；「我沒有有島氏那樣的才華，但比他通達世故」；「我沒有武者小路實篤……」——如此說罷，公眾便如豬一般無比幸福地墮入酣睡之中。

又

另一方面，天才便顯然具備能夠製造醜聞的才能。

輿論

輿論通常是私刑，而私刑通常是一種娛樂。縱使不用手槍而代之以新聞報道。

又

輿論的存在價值，僅僅在於提供蹂躪輿論的樂趣。

敵意

敵意同寒氣無異。適度則給人以爽快感，而且在保持健康方面對任何人都是絕對不可缺少的。

烏托邦

完美的烏托邦所以出現，原因大約是：如不改變人性，完美的烏托邦便無從產生；而若改變人性，原以為完美的烏托邦即黯然失色。

危險思想

所謂危險思想，乃是企圖將常識付諸實施的思想。

惡

具有藝術家氣質的青年，對「人之惡」的發現總是落於人後。

二宮尊德[27]

記得小學語文課本中大寫特寫二宮尊德的少年時代。生於貧苦人家，白天幫家裏做農活，晚間編草鞋。一邊和大人同樣勞作，一邊以頑強的毅力堅持自學。像所有立志譚即所有通俗小說寫的那樣，很容易讓人感動。實際也是如此，不滿十五歲的我在為尊德的志向感動的同時，甚至為自己未能生在尊德那樣的窮苦人家而後悔，認為乃自己的一個不幸……

但是，這個立志譚在給尊德帶來名譽之時，另一方面當然使尊德雙親蒙受惡名。他們全然不為尊德的教育提供方便，莫如說其所提供的全是障礙。就父母責任而言，這顯然是一種羞辱。然而，我們的雙親和老師竟然天真地忘卻了這一事實。尊德的父母既不酗酒又不嗜賭。問題只在於尊德，在於無論多麼艱難困苦也不放棄自學的尊德本人。我們少年須像尊德一樣培養雄心壯志。

我為他們的利己主義生出近乎驚嘆的感慨。誠然，對他們來說，甚至身兼男僕的少年都是好兒子無疑。不僅如此，後來還聞名遐邇，大大彰顯父母之名——簡直好上加好。可是，不足十五歲的我在為尊德的志向感動的同時，還心想未生於尊德那樣的窮人家乃自己的一個不幸，正如原已身帶鐵鏈的奴隸希望得到更粗的鐵鏈。

奴隸

所謂廢除奴隸制，指的不過是廢除奴隸意識而已。假如沒有奴隸，我們的社會連一天都難以保持安寧。就連柏拉圖描繪的共和國裏都難免有奴隸存在——這點未必出於偶然。

又

稱暴君為暴君無疑是危險的，但在當今之世，稱奴隸為奴隸同樣十分危險。

悲劇

所謂悲劇，意為不得不斗膽實施自己引以為恥的行為。故而，引起萬人共鳴的悲劇起到的是發洩作用。

強弱

強者不懼怕敵人而懼怕朋友。他可以一拳打倒敵人而全然不以為意；相反，卻對傷害不相識的朋友懷有類似少女的恐怖。

弱者不懼怕朋友而懼怕敵人。因而又總是四處物色虛構的敵人。

S．M[28]的智慧

下面是友人S．M對我說的話：

辯證法的功績——它使我們最後得出這樣的結論：一切都很滑稽。

少女——永遠清冽的淺灘。

學前教育——唔，主意不壞。總不至於使人在幼兒園時就對知道智慧的悲哀負有責任。

追憶——遙遠地平線的風景畫，且已加工完畢。

女人——按瑪麗．斯托普斯[29]夫人的說法，女人似乎天生就未貞潔到起碼兩個星期才對丈夫產生一次情慾的地步。

少女時代——少女時代的憂鬱是對整個宇宙的傲慢。

艱難鑄汝為玉——若如此，日常生活中深思遠慮之人便失去了為玉的可能。

吾輩如何求生乎——讓未知世界多少殘留一點。

社交

所有社交都必然輔以虛偽。如果絲毫不帶虛偽地對我們的摯友傾吐肺腑之言，縱是古代管鮑之交也不能不出現危機。我們每一個人——暫且不論管鮑——無不或多或少地對親朋密友懷有輕蔑以至憎惡之情。但在利害面前，憎惡也必定收起鋒芒。而輕蔑則使自己愈發泰然自若地吐露虛偽。因此之故，為了同知己朋友親密地交往下去，彼此必須最充份地具有利害關係和懷以輕蔑。當然這對任何人都是極其苛刻的條件。否則，我們恐怕早已成為謙謙君子，世界也早已出現黃金時代的和平。

瑣事

為使人生幸福，必須熱愛日常瑣事。雲的光影，竹的搖曳，雀群的鳴聲，行人的臉孔——須從所有日常瑣事中體味無上的甘露。

問題是，為使人生幸福，熱愛瑣事之人又必為瑣事所苦。跳入庭前古池的青蛙想必打破了百年憂愁，但躍出古池的青蛙或許又帶來了百年愁憂。其實，芭蕉[30]的一生既是享樂的一生，又是受苦的一生，這在任何人眼裏都顯而易見。為了微妙地享樂，我們又必須微妙地受苦。

為使人生幸福，我們必須苦於日常瑣事。雲的光影，竹的搖曳，雀群的鳴聲，行人的臉孔——必須從所有日常瑣事中體悟墮入地獄的痛苦。

神

神的所有屬性中最令人為之同情的，是神的不可能自殺。

又

我們發現了謾罵神的無數理由。但不幸的是，日本人並不相信值得謾罵的全能的神。

民衆

民衆是穩健的保守主義者。制度、思想、藝術、宗教，凡此種種，必須使之帶有前朝的古色古香才能為民衆所喜聞樂見。民衆藝術家不為民衆所喜愛，未必盡是他們本身的罪過。

又

發現民衆的愚未必足以自豪。但發現我們本身亦是民衆卻無論如何都是值得自豪的。

又

古人以愚民為治國大道。這就要使民眾愚得不可企及或賢得無以復加。

契訶夫的話

契訶夫在日記中論及男女差別：「女人年齡愈大，愈遵循女人之道；而男人年齡愈大，則愈偏離女人之道。」

但契訶夫的話也無疑等於說男女年齡愈大，愈自動放棄同異性的往來。必須說，這是三歲小兒也早已知曉之事。較之男女的差別，其提示的倒更是男女的無差別。

服裝

女人的服裝至少是女人自身的一部份。沒有陷入啟吉[31]的誘惑當然亦有賴於道德之念。不過，誘惑他的女人穿的是從啟吉妻子那裏借來的衣服。如果不穿借的衣服，啟吉恐怕也不可能輕易遠離誘惑。

註：請看菊池寬氏的《啟吉的誘惑》。

處女崇拜

為娶處女為妻，我們不知在妻的選擇上重複了多少次滑稽可笑的失敗。差不多該是向處女崇拜告別的時候了。

又

處女崇拜始者自知道處女這一事實之後，即較之直率的感情更注重零碎的知識。故必須説處女崇拜者乃戀愛方面的玄學家。或許，所有處女崇拜者全都道貌岸然並非偶然現象。

又

毋庸置疑，崇拜處女風韻同崇拜處女是兩回事。將二者混為一談的人，大概過於小看了女人的演員才能。

規範

一個女學生向我的朋友這樣問道：

「接吻到底是閉起眼睛還是睜開眼睛呢？」

所有女校的教程中居然沒有戀愛規範——我也同這個女學生一起感到遺憾之至。

貝原益軒[32]

我還是小學時代讀的貝原益軒逸事。逸事說，益軒曾同一學生哥兒同乘一船。學生哥兒自恃才學，談論古今學藝，滔滔不絕。益軒則未置一詞，唯靜靜傾聽而已。不多時船靠岸。臨別時船上乘客依例互告姓名。學生哥兒始知益軒。面對一代大儒，不禁深感羞愧，乞恕剛才失禮之罪。

當時的我從這則逸事中發現謙讓美德。至少為發現盡了努力。但不幸的是，如今甚至半點教訓都難以覓得。下面的想法使得這則逸事多少能引起現在的我的興趣：

一、始終沉默的益軒的輕蔑何等惡毒！
二、眾船客因高興學生哥兒知恥的喝彩何等卑劣低俗！
三、益軒所不知曉的新時代精神在學生哥兒的高談闊論中表現得何等鮮活有力！

某種辯護

革新時代的評論家將成語「門可羅雀」用於「猬集」之意。「門可羅雀」乃支那人所創。日本人所使用時未必非沿襲支那人用法不可。倘若行得通，形容說「她的笑容簡直門可羅雀」也未嘗不可。

倘若行得通——一切取決於這不可思議的「行得通」。例如所謂「私小說」不也是這樣麼？Ich-Roman[33]之意即使用第一人稱的小說。這個「私」不一定指作家本人。但，日本的「私小說」往往視「私」為作家本人。不僅如此，有時還被看成作家本人的閱歷。以致最後竟將使用第三人稱的小說也以「私小說」呼之。這當然是無視德意志人或全體西洋人用法的新例。但全能的「行得通」給了新例的生命。「門可羅雀」這一成語還有可能遲早推出類似的意外新例。

這樣一來，某評論家便不是多麼缺乏學識，而是有些急於追求反乎時流的新例。而受到這位評論家之揶揄者——總之，所有的先覺者們都必須自甘薄倖才是。

制約

天才也囿於各自難以逾越的制約。發現這種制約不能不伴隨或多或少的寂寞。但不覺之間又反而會生出一種親切。正如悟得竹是竹、常青藤是常青藤一樣。

火星

探討火星上有無居民，無非是探討有無同我們一樣有五感的居民。但生命並不一定都具有同於我們之五感這個條件。假如火星上保有超越我們這種五感的存在，則他們今夜也可能隨着染黃法國梧桐的秋風光臨銀座。

布朗基[34]的夢

宇宙之大無邊無際。但構成宇宙的元素不過六十幾種。這些元素的結合方式即使極盡變化之妙，也終不能脫離有限。這樣，為了使這些元素構成無限大的宇宙，在嘗試過所有的結合方式之後還必須永無休止地進行各種結合。由此觀之，我們棲息的地球——作為此類結合方式之一的地球也並不僅僅局限於太陽系中的一顆行星，而理應無限存在。這個地球上的拿破崙固然在馬倫哥[35]之戰中大獲全勝，但茫茫太虛中飄浮的其他地球上的拿破崙在同一馬倫哥之戰中一敗塗地也未可知。

這便是六十七歲的布朗基所夢想的宇宙觀。正誤另當別論。只是布朗基在獄中將這一迷夢訴諸筆端時，已對所有革命陷入絕望。也唯獨這點至今仍使我們的心底沁出幾許悲涼。夢想已離他而去。我們若想尋求慰藉，就必須把輝煌的夢境移往數萬英里之遙的天上——移往懸浮在宇宙暗夜中的第二地球。

庸才

庸才之作縱是大作，也必如無窗的房間，從中根本無法展望人生。

機智

機智是缺乏三段論法的思想。他們所說的「思想」是缺乏思想的三段論法。

又

對機智的厭惡之念植根於人類的疲勞。

政治家

政治家比我們政治盲人還自鳴得意的政治知識，無非紛紜的事實性知識而已。歸根結蒂，其程度同某黨魁首揮舞甚麼樣式的帽子大同小異。

又

所謂「理髮店政治家」，係指不具有此類知識的政治家。但以見識而論，未必等而下之。以富有超越利害的熱情而言，通常比前者還要高尚。

事 實

然而紛紜的事實性知識總是得到民眾喜愛的。他們最想知道的不是愛為何物，而是基督是不是私生子。

「武者修行」

我一向以為「武者修行」是以八方劍客為比試對手，對武藝精益求精。而實際上其目的則在體悟普天之下捨我其誰的心理——《宮本武藏傳》讀後。

雨　果

覆蓋整個法國的一片麵包。而且無論怎樣看，奶油都塗得不夠充份。

陀思妥耶夫斯基

陀思妥耶夫斯基的小說充滿所有種類的戲謔。無須說，戲謔的大部份足以使惡魔變得憂鬱。

福樓拜

福樓拜告訴我們：美好的無聊也是存在的。

莫泊桑

莫泊桑猶如冰塊。當然有時也像冰糖。

愛倫．坡

愛倫．坡在製作獅面人身像之前研究了解剖學。使坡的後代震驚的秘密便潛藏於這項研究裏。

某資本家的邏輯

「贖買藝術家的藝術也罷，販賣我的螃蟹罐頭也罷，二者其實半斤八兩。但一提起藝術的藝術，便以為是天下至寶。如果效藝術家之顰，我也應該為一罐六十錢的螃蟹罐頭沾沾自喜。不肖行年六十一，我還從來未曾像藝術家那樣自高自大得滑天下之大稽。」

批評學——致佐佐木茂索[36]君

一個天氣晴好的上午。搖身變為博士的Mephistopheles（靡菲斯特）[37]在某大學講台講授批評學。不過他講的批評學並非康德的kritik（批判）之類，而只是如何批評小說和戲曲的學問。

「諸位，上星期我講的想必已經理解了，今天我再講一下『半肯定論法』。何為『半肯定論法』呢？一如字面所示，即一半肯定某作品藝術價值的論法。但是，這『一半』必須是『更壞的一半』。肯定『更好的一半』於此論法是頗為危險的。

「比如把這一論法用在日本的櫻花上。櫻花『更好的一半』即其色美與形美。但為了用此論法，較之『更好的一半』必須更為肯定『更壞的一半』即肯定櫻花的氣味。也就是要做出這樣的結論：『氣味的確有，但，僅此而已。』假若（萬一）沒肯定『更壞的一半』而肯定了『更好的一半』，那麼將出現怎樣的破綻呢？『色形的確美，但，僅此而已』——這樣一來，就根本談不上貶低櫻花了。

「當然，批評學問題只是就如何貶低某小說和戲曲而言。時至現在已無須解釋了。

「那麼，這『更好的一半』和『更壞的一半』以甚麼為標準加以區別呢？為解決這一問題，也還是要上溯到屢次提及的價值論。價值並非古來公認的那樣存在於作品本身，而存在於欣賞作品的我們的心中。這樣，對『更好的一半』和『更壞的一半』，必須以我們的心為標準，或以一個時代的民眾喜愛甚麼為標準來區別。

「譬如今天的民眾不喜愛日本風情的花草，即日本風情的花草是壞東西。今天的民眾喜愛巴西咖啡，即巴西咖啡必是好東西。理所當然，某作品藝術價值的『更好的一半』和『更壞的一半』也必須如此區別開來。

「不用這一標準而求助於真善美等其他標準，則是再滑稽不過的時代錯誤。諸位一定要像拋棄已經發紅的草帽一樣拋棄舊時代。善惡不超越好惡，好惡即善惡，愛憎即善惡。這不局限於『半肯定論法』，也是大凡有志於批評學的諸君不可忘記的法則。

「好了，上面大體講了『半肯定論法』。最後想提醒諸位的是『僅此而已』這個說法。這『僅此而已』是橫豎要用的。第一，既然說是『僅此而已』，那麼無疑意味肯定『此』即『更壞的一半』。但第二也無疑意味否定此外的東西。也就是說，『僅此而已』之說法頗有一揚一抑之趣。而更微妙的是第三——隱約之間甚至否定了『此』的藝術價值。否定固然否定了，卻又未就何以否定做出任何說明。只是言外否定——這便是『僅此而已』之說法的最顯著特色。所謂顯而晦、肯定而否定恰恰指的是『僅此而已』。

「這『半肯定論法』，我想恐怕比『全否定論法』或『緣木求魚論法』容易博得信賴。關於『全否定論法』或『緣木求魚論法』，上星期已經講過，為慎重起見重複一次：此論法即以藝術價值本身否定某作品藝術價值之論法。例如，為了否定某悲劇的藝術價值，不妨責備它的悲慘、不快和憂鬱，也可以反過來罵它缺乏幸福、愉快和開朗，如此不一而足。一名曰『緣木求魚論法』即是指後一種情況。『全否定論法』或『緣木求魚論法』誠然痛快淋漓，但有時難免招致偏頗之嫌。但『半肯定論法』畢竟承認了一半某作品的藝術價值，所以容易被看成公允之見。

「討論專題裏有佐佐木茂索氏的新著《春之外套》。那麼，下星期來之前請把『半肯定論法』用在佐佐木氏作品的研究之中。（這時一個年輕聽講生問『老師，用「全否定論法」不可以麼？』）不可以，『全否定論法』至少眼下不能用。佐佐木氏終究是有名的新作家，適用的還僅限於『半肯定論法』……」

一星期後，得分最高的答案如下所示：

「寫得的確巧妙，但，僅此而已。」

* * *

母子

母親是否適合培育子女還是個疑問。誠然，牛馬是母親養大的。但藉自然規律之名為舊習辯護確是母親的特權。假如可以在這一名目下為任何舊習辯護，則我們應首先為未開化人種的搶婚大聲疾呼。

又

母親對子女的愛是最無私心的愛。但是，無私心的愛對於培養子女未必最合適。這種愛給予子女的影響——至少大部份影響——或使之成為暴君，或使之淪為弱者。

又

人生悲劇的第一幕始自母子關係的形成。

又

古往今來，眾多父母不知重複了多少遍這樣一句話：「我終歸是不行了，但無論如何要使子女出人頭地！」

可能

我們並不能做想做的事，只是在做能做的事。這不僅限於我們每一個人，我們的社會也是如此。大概神也未能稱心如願地創造這個世界。

莫爾[38]的話

莫爾在《臨死自己的備忘錄》中有這樣一段話：「偉大的畫家深知署名的位置。而且決不把名字第二次寫在同一位置。」

當然，「把名字第二次寫在同一位置」對任何畫家都是不可能的。但這點倒不必責備。我感到意外的是「偉大的畫家深知署名的位置」這句話。東方畫家中從來未曾有人看輕署名位置。令其注意署名位置純屬陳詞濫調。想到莫爾竟就此特書一筆，不禁為這種東西方之差而感之嘆之。

大作

將大作與傑作混為一談確乎是鑒賞上的物質主義。大作不過嘔心瀝血的問題。較之米開朗琪羅的《最後的審判》，我倒遠為喜愛倫勃朗六十幾歲的自畫像。

我所鍾愛的作品

我鍾愛的作品——文藝方面的作品——說到底是能從中感覺出作家本人的作品。要塑造人，塑造具有大腦、心臟和七情六慾的像一個人的人。不幸的是，作家大多是缺少其中一項的殘疾（當然不是說不佩服——有時候——偉大的殘疾）。

《虹霓關》觀後

非男獵女，乃女獵男——蕭伯納曾在《人與超人》中將這一事實搬上舞台。但這未必始於蕭。我看了梅蘭芳的《虹霓關》，得知中國早已有戲劇家注目於此。《戲考》[39]此外還提到女子如何運用孫吳兵機和劍戟俘獲男子的許多故事。《董家山》的女主人公金蓮，《轅門斬子》的女主人公桂英，《雙鎖山》的女主人公金定等統統是這樣的女傑。《馬上緣》的女主人公梨花，不僅將自己喜愛的少年將軍從馬上俘獲過來，還逼其與己成婚而置對方妻室於不顧。胡適先生對我這樣說過：「除了《四進士》，我想否定所有京劇的價值。」不過，這些京劇至少是極富哲理的。在這樣的價值面前，胡適先生難道就不能一息雷霆之怒嗎？

經　驗

若一味依賴經驗，猶如不考慮消化功能而只顧吞嚥食物；但若完全不依賴經驗而僅僅依賴能力，則同不考慮食物而只迷信消化功能無異。

阿基里斯

據說，希臘英雄阿基里斯唯獨腳後跟並非不死之身。也就是說，要了解阿基里斯，就必須了解阿基里斯的腳後跟。

藝術家的幸福

最幸福的藝術家是晚年聲名鵲起的藝術家。由此思之，國木田獨步未必不幸[40]。

老好人

女人並不想找老好人做丈夫。男人則總想找老好人做朋友。

又

老好人最像的是天上的神。第一適合對其講述歡喜，第二適合與之傾訴不幸，第三是可有可無。

罪

「惡其罪而不惡其人」[41]——實行起來未見得困難。大多數子女都在向大多數父母認真實行這句格言。

桃李

「桃李不言，下自成蹊」，確是智者之言。只是並非「桃李不言」，實則是「桃李若言」。

偉大

民眾喜愛為人格的偉大和事業的偉大所籠絡。但有史以來便不曾熱衷於直面偉大。

廣告

「侏儒警語」十二月號上的《致佐佐木茂索君》並非貶抑佐佐木君，而是嘲笑不承認佐佐木君的批評家。就此廣而告之或許有蔑視《文藝春秋》讀者智商之嫌。但實際上，據説某批評家執意認為是貶低佐佐木君。並且聽説這位批評家的追隨者亦不在少數。因此需要廣告一句。不過將其公之於眾不是我的本意。實則是年長同行里見弴[42]君煽動的結果。為此廣告氣惱的讀者請責怪里見君好了。「侏儒警語」作者。

追加廣告

前面的廣告中「請責怪里見弴君好了」那句話當然是我開的玩笑。實際不責怪也可以。我實在過於敬佩某批評家所代表的一夥天才了，以致多少有點變得神經質。同上。

再追加廣告

前面追加廣告中所説「敬佩某批評家所代表的一夥天才」當然是正話反説。同上。

藝術

畫力三百年，書力五百年，文章之力千古無窮，此乃王世貞之言。不過，從敦煌出土文物來看，書畫閱歷五百年之後似乎仍保其力。而文章之力是否能保有千年則是疑問。觀念也不可能超然於時流之外。我們的祖先使「神」這一字眼幻化出峨冠博帶的道貌人物；我們則在使同一字眼疊印出長鬚蓬鬆的西洋紳士。這不限於神，而應認為適用於一切。

又

記得以前看過東洲齋寫樂[43]畫像。畫中人胸前展開一幅扇面，繪有綠色光琳波[44]。顯然是為了強調整體色彩效果。但以放大鏡窺之，則綠色呈現出泛銅綠的金色。對這幅寫樂畫像我的確感到很美。但我認為同樣的變化在文章上也必然出現。

又

藝術同於女人。必須籠罩在一個時代的精神氛圍或流行風氣之中方能顯得風情萬種。

又

不僅如此，藝術在空間上還身負桎梏。愛一國民眾的藝術必須了解一國民眾的生活。在東禪寺遭到浪士襲擊的英國特命全權公使阿爾科克[45]聽我們日本人的音樂唯感噪音而已。他的《駐日三年》有這樣一節：「我們登坡當中，聽得類似夜鶯的鶯叫之聲。據説是日本人教黃鶯唱歌。如果是真的，無疑值得驚異。因為日本人本來是不知曉自行教音樂為何物的。」（第二卷第二十九章）

天才

天才距我們僅一步之隔。只是，為理解這一步，必須懂得百里的一半為九十九里[46]這一超數學才行。

又

天才距我們僅一步之隔。同代人不理解這一步千里；後代人則又盲目崇拜這千里一步。同代人為此而置天才於死地；後代人則因之焚香於天才的靈前。

又

很難相信民眾吝於承認天才。但其承認方式通常頗為滑稽。

又

天才的悲劇是被賜予「小巧玲瓏且居住舒適」的名聲。

又

耶穌：「我雖吹笛，汝等亦不跳。」

眾人：「我等雖跳，汝亦不知足。」

謊言

無論在任何情況下，我們都不至於向不維護我們利益的人投以「乾淨的一票」。

將「我們的利益」換言為「天下利益」，乃是整個共和制度的謊言。必須認為，這個謊言即使在蘇維埃統治下也不會消失。

又

拿出互為一體的兩個觀念，玩味其鄰接點。這樣，諸君就會發現由此繁衍出多少謊言！故而所有成語通常都是一個問題。

又

給予我們這個社會以合理外觀的，難道不是因其本身是不合理的——不合理到極點的麼？

列寧

我最為驚愕的是：列寧是一位再普通不過的英雄！

賭博

偶然亦即與神的搏鬥總是充滿神秘的威嚴。賭博者亦不例外。

又

古來便不存在熱衷於賭博的厭世主義者。不難得知其同賭博的人生是何等一拍即合。

又

法律之所以禁賭，並非由於賭博造成的分配方式本身的不妥，實則因為其經濟上的心血來潮難以容忍。

懷疑主義

懷疑主義也是建立在一個信念——不懷疑可疑的這一信念之上的。這或許自相矛盾。但懷疑主義同時也懷疑是否存在全然不立足於信念之上的哲學。

正直

倘若正直，我們勢必很快發現任何人都不可能正直。因而我們便不能不對正直感到不安。

虛偽

我認識一個說謊者。她比任何人都幸福。但由於其謊言過於巧妙，甚至說真話別人也只能以為是謊言。這點——僅僅這點——無論在任何人眼裏都無疑是她的悲劇。

又

毋寧說，我也像所有藝術家那樣巧於編造謊言。可是在她面前仍只有甘拜下風：就連去年的謊言她都記得如五分鐘以前一樣清晰。

又

我不幸懂得：有時只有藉助謊言才能訴說真實。

諸君

諸君害怕青年為藝術而墮落。但請暫且放心好了，他們並不像諸君那麼容易墮落。

又

諸君害怕藝術毒害國民，但請暫且放心好了，至少藝術絕不可能毒害諸君，絕不可能毒害不理解兩千年來藝術魅力的諸君。

忍讓

忍讓是浪漫的卑躬屈膝。

企圖

做一事未必困難，想要做的事則往往困難。至少想做足以做成的事是如此。

又

欲知他們的大小，必須根據他們已做成的事來分析他們將要做的事。

兵卒

理想的兵卒必須絕對服從長官的命令。絕對服從無非絕對不加批評。亦即，理想的兵卒必須首先失去理性。

又

理想的兵卒必須絕對服從長官的命令。絕對服從無非絕對不負責任。亦即，理想的兵卒必須首先失去責任感。

軍事教育

所謂軍事教育，說到底只是傳授軍事方面的知識。其他知識和訓練不必等軍事教育也可學到。眼下甚至海陸軍學校不也在聘用各方面的專家嗎？機械學、物理學、應用化學、外語自不必説，還有劍術、柔道、游泳等專業的。再進一步説來，軍事用語不同於學術用語，大部份通俗易懂。這樣，必須認為所謂軍事教育事實上等於零。而事實上等於零的利害得失當然無須計較。

「勤儉尚武」

再沒有比「勤儉尚武」一詞更空洞無物的了。尚武是國際性奢侈。事實上列強不正在為軍備耗費巨資嗎？如若「勤儉尚武」也不算是癡人之談，則必須説「勤儉浪蕩」亦可通行無阻。

日本人

以為日本人兩千年來上忠君王下孝父母的想法，同以為猿田彥命[47]也抹髮蠟如出一轍。差不多到了該徹底還歷史以本來面目的時候了。

倭寇

倭寇顯示我們日本人具有完全可同列強為伍的能力。即便在劫掠、殺戮、姦淫等方面，我們也絕不比來找「黃金之島」[48]的西班牙人、葡萄牙人、荷蘭人、英吉利人等相形見絀。

徒然草[49]

我屢次這樣說道——「你大概喜歡徒然草吧？」然而不幸的是，我根本沒讀過甚麼《徒然草》。老實坦白，《徒然草》那麼有名也幾乎是我所無法理解的，即便我承認它適於作中學程度的教科書。

徵兆

戀愛的徵兆之一，是她開始考慮以前愛過幾個男人或愛過甚麼樣的男人並對這憑空想像的幾個人產生淡淡的妒意。

又

戀愛的另一徵兆，是她對發現與自己相似的面孔極度敏感。

戀愛與死

戀愛使人想到死或許是進化論的一個例證。蜘蛛、蜂交尾剛一結束，雄方便被雌方刺死。我在觀看意大利行腳藝人演出的歌劇《卡門》時，總覺得卡門的一舉一動有蜂的跡象。

替身

我們因為愛她而往往將其他女人作為她的替身。這種可悲情況的出現未必僅限於她拒絕我們的時候。有時由於怯懦有時由於美的需求而不惜將某一女人用為滿足自己殘酷慾望的對象。

結婚

結婚對於調節性慾是有效的，卻不足以調節愛情。

又

他在二十多歲結婚之後再也沒有墮入情網，這是何等的俗不可耐！

冗忙

較之理性，莫如說是冗忙能將我們從戀愛中解救出來。畢竟淋漓盡致的戀愛首先需要時間。維特、羅密歐、特里斯丹——即使從古之戀人來看也無一不是閒人。

男子

男子向來看重工作而戀愛次之。若懷疑這一事實，不妨看一看巴爾扎克的書簡。他在致翰斯克伯爵夫人[50]的信中寫道：「若計以稿費，這封信也超過了好幾個法郎。」

舉止做派

過去出入我家的比男人還爭強好勝的女梳頭師有一個女兒。至今我還記得那個面色蒼白的十二三歲的女孩。女理髮師教女兒舉止做派教得十分嚴格。尤其不允許睡覺落枕，每次落枕都好像非打即罵。近來偶然聽說那女孩在地震[51]前便當了藝伎。聽得此言時我固然略感不忍，卻又不能不現出微笑——即使當了藝伎，想必她也嚴守母親教導，斷不至於落枕……

自由

沒有哪一個人不嚮往自由。但這僅僅是表面。其實骨子裏任何人都背道而馳。且看證據：就連對殺人害命毫不心慈手軟的地痞無賴都在振振有詞地說甚麼為了國家金甌無缺而殺死了某某，不是麼？而所謂自由，係指我們的行為不受任何拘束，亦即堅決不對甚麼神甚麼道德甚麼社會習慣負連帶責任。

又

自由類似山巔的空氣。對於弱者，二者同樣是不堪忍受的。

又

毫無疑問，眺望自由即瞻仰神的尊顏。

又

自由主義、自由戀愛、自由貿易——不巧的是任何自由都在杯中混淆着大量的水，且大多是死水。

言行一致

為博取言行一致的美名，須首先善於自我辯護。

方便

有不欺一人的聖賢而無不欺天下的聖賢。佛家所說的善巧方便，說到底是精神上的 Machiavellism[52]。

藝術至上主義者

古往今來，虔誠的藝術至上主義者大抵是藝術上的敗北者。正如堅強的國家主義者大抵是亡國之民一樣——我們任何人都不會追求我們本身已有的東西。

唯物史觀

假如任何作家都必須立足於馬克思的唯物史觀來描述人生，那麼與此同樣，所有詩人都須立足於科佩爾尼克斯的地動說謳歌日月山川。問題是，較之說「金烏西墜」，說「地球旋轉幾度幾分」未必總是那麼優美。

支那

螢的幼蟲以蝸牛為食時並不完全置蝸牛於死地，而只是使其處於麻痹狀態，以便常食鮮肉。以我們日本帝國為首的列強對支那的態度，歸根結蒂，與螢對蝸牛的態度並無不同。

又

今日中國的最大悲劇，就是沒有一位足以給無數國家浪漫主義者即「年輕中國」以鐵的訓練的墨索里尼。

小說

真正的小說不僅事件的發展缺少偶然性，較之人生本身恐怕也缺少偶然性。

文章

文章中的詞彙必須比辭書中的多幾分姿色。

又

他們都像樗牛[53]那樣口稱「文即人」，而內心中則似乎無不認為「人即文」。

女人的臉

在熱情的驅使下，女人的臉每每不可思議地出現少女風情。只是，其熱情完全可以是對於陽傘的亢奮。

處世智慧

滅火不如縱火容易。擁有這種處世智慧的代表人物想必是《漂亮朋友》[54]中的主人公。他在熱戀的時候已清醒考慮到一刀兩斷。

又

單就處世而言，熱情的不足倒不足為慮。相比之下，更危險的顯然是冷淡的缺乏。

恆產

所謂無恆產者即無恆心者已屬兩千年前的老皇曆。而在今天，似乎有恆產者倒是無恆心者。

他們

我對他們夫妻沒有愛便相抱生活委實感到驚訝。而他們則對一對戀人的相抱而死驚訝不已，卻是不知何故。

作家所生之語

「振っている」、「高等游民」、「露悪家」、「月並み」[55]等語言在文壇使用開來始自夏目先生。這種作家所生之語在夏目先生之後也並非沒有。久米正雄[56]君所生「微苦笑」、「強気弱気」等即其典型。另外「等、等、等」寫法乃宇野浩二[57]所生。我們並不總是有意脱帽。而是在有意視對方為敵、為怪、為犬時不由得摘下帽去。責罵某作家的文章中出現該作家所創語彙也未必屬於偶然。

幼兒

我們到底是出於甚麼目的而愛幼小的孩子的呢？原因的一半至少在於無須擔心

為幼兒所欺。

又

我們坦然公開我們的愚而不以為恥的場合，僅僅限於對幼兒或對貓狗之時。

池大雅[58]

「大雅不拘小節，疏於世情。迎娶玉瀾為妻時竟不曉房事，其為人由此可見一斑。」

「大雅娶妻而不知夫婦之道——此等似乎不食人間煙火之事若說有趣也就有趣，而若說其愚蠢得絲毫不懂常識大概也未嘗不可。」

上述引文表明，相信這種傳說的人至今仍殘存於藝術家和美術史家中間。大雅迎娶玉瀾時或許沒有交合。但若據此相信大雅不懂交合之事，那麼恐怕是因為他本人性慾太強了，故而確信不可能知曉其事而不實施。

荻生徂徠[59]

荻生徂徠以嚼炒豆罵古人為快。嚼炒豆我相信是出於節儉；至於為何罵古人則全然不解。不過今天想來，罵古人確比罵今人萬無一失。

小楓樹

哪怕稍稍手扶樹幹，小楓樹都會讓樹梢密集的葉片像神經一樣顫抖不止。植物這東西是何等令人懼怵。

蟾蜍

最美麗的粉紅色確是蟾蜍舌頭的顏色。

烏鴉

我曾在一個雪霽薄暮時分看過落在鄰居房頂上的深藍色的烏鴉。

作家

做文章必不可少的首先是創作熱情，燃燒創作熱情必不可少的首推一定程度的健康。輕視瑞典式體操、菜食主義、複方澱粉酶等並非意欲舞文弄墨之人的取向。

又

志在舞文弄墨者無論是怎樣的城裏人，其靈魂深處都必須有一個鄉巴佬。

又

意欲作文而又為自身羞愧乃是一種罪惡。為自身羞愧的心田上不可能生出任何創作性的嫩芽。

又

蜈蚣：用腳走一下試試！
蝴蝶：哼，用翅膀飛一下看看！

又

氣韻乃作家的後腦勺。作家自身無從看見。若勉為其難，唯有折斷頸骨了事。

又

批評家：你就只能寫上班人的生活。

作家：難道有甚麼都能寫的人不成？

又

所有古之天才都把帽子掛在我等凡夫手無法觸及的壁釘上。當然，並非沒有墊腳台。

又

然而唯獨那墊腳台不知滾去了哪家舊道具商店。

又

所有作家一方面都具有木匠師傅的面孔，但這並非恥辱；所有木匠師傅一方面也都具有作家的面孔。

又

另一方面，所有作家又都在開店。甚麼，我不賣作品？唔，那是沒人買的時候，或不賣也未嘗不可的時候。

又

演員和歌手的幸福在於他們的不留作品——有時我這樣認為。

〔以下為遺作〕

辯護

為自己辯護比為他人辯護困難。不信請看律師。

女人

健全的理性發出命令：「勿近女人！」健全的本能則發出相反的命令：「勿避女人！」

又

對我們男人來說，女人恰恰是人生本身，即萬惡之源。

理性

我對伏爾泰[60]表示輕蔑。假若始終貫穿以理性，那麼我們必須對我們的存在訴諸滿腔的詛咒。可是陶醉於世界性讚美的Candide[61]《老實人》的作者的幸福呢?!

自然

我所以熱愛自然，原因之一是自然至少不像我們人類這樣嫉妒和欺詐。

處世術

最聰明的處世術是：既對社會陋習投以白眼，又與其同流合污。

女人崇拜

崇拜「永遠的女性」的歌德的確是幸福者之一。但鄙視母雅狐[62]的斯威夫特並未發狂而死。這是對女性的詛咒？抑或對理性的詆毀？

理　性

一言以蔽之，理性告訴我們的是理性的無力。

命　運

命運比偶然具有必然性。「命運在性格中」這句話絕非可以等閒視之。

教授

借用醫家之語，既講授文藝，就應臨床才是道理。然而他們至今仍未觸摸過人生的脈搏。尤其他們之中有的人聲稱精通英德文學，但對孕育他們的祖國的文藝則不甚了了。

智德合一

我們甚至不知曉我們本身，何況將我們所知之事付諸實施更是談何容易！寫出《智慧與命運》的梅特林克亦不知智慧與命運為何物。

藝術

最困難的藝術是自由地打發人生。當然，「自由地」未必意味着厚顏無恥。

自由思想家

自由思想家的弱點在於其為自由思想家。他終究不能像狂熱信徒那樣進行惡戰。

宿命

宿命也許是後悔之子，或後悔是宿命之子亦未可知。

他的幸福

他的幸福依存於他自身的無教養，其不幸亦如此。啊，這是何等令人悵惘！

小說家

最好的小說家乃是「精通世故的詩人」。

語彙

所有語彙都必如錢幣具有正反兩面。例如「敏感」的另一面無非「怯懦」。

某物質主義者的信條

「我不相信神，但相信神經。」

傻子

傻子總是以為自己以外之人統統是傻子。

處世才能

畢竟，「憎惡」是處世才能之一。

懺悔

古人在神面前懺悔。今人在社會面前懺悔。這樣，除去傻子和惡棍，也許任何人都無法在不懺悔的情況下忍受俗世之苦。

又

但無論哪種懺悔，可信性都自當別論。

《新生》[63]讀後

果真「新生」了不成？

托爾斯泰

讀罷賓可夫[64]的托爾斯泰傳，發覺托爾斯泰的《我的懺悔》和《我的宗教》顯然是謊言。然而沒有比持續述說謊言的托爾斯泰那顆心更令人不忍的了。他的謊言遠比我輩的真實更為鮮血淋漓。

兩個悲劇

斯特林堡的悲劇是《隨意觀覽》的悲劇。但不幸的是托爾斯泰的悲劇不是《隨意觀覽》。故後者比前者更加以悲劇告終。

斯特林堡

他無所不知，並且毫不顧忌地言無不盡。毫不顧忌地？不，恐怕也像我們這樣多少有所算計吧。

又

斯特林堡在《傳說》中說他做過死是否痛苦的實驗。但這種實驗並非兒戲。他也是「想死而未能死成」的人之一。

某理想主義者

他對自己本身是現實主義者這點絲毫不存懷疑。然而這終究是理想化了的他本身。

恐 怖

使我們拿起武器的通常是對敵手的恐怖，並且往往是對憑空想像的敵手的恐怖。

我們

我們無一不為我們本身羞愧，同時對他們懼之畏之。可是誰都不坦率述說這一事實。

戀愛

戀愛不過是披以詩的外衣的性慾。至少不披以詩的外衣的性慾不值得稱之為戀愛。

某老手

他不愧為老手。甚至戀愛都鮮乎其有，除非爆出醜聞。

自殺

人皆共通的唯一情感是對死的恐怖。道德上對自殺評價不高，恐並非出於偶然。

又

蒙田對自殺的辯護含有不少真理成份。未自殺的人並非不自殺，而是不能自殺。

又

想死甚麼時候都死得成嘛！那麼試試看！

革命

革命加革命。那樣，我們就可以比今天更合理地咀嚼人間苦果。

死

梅因朗德[65]頗為精確地敍述過死的魅力。實際上我們也因某種契機感受到死的魅力，最後都很難逃往圈外，如繞着同心圓旋轉一樣一步步向死逼近。

「伊呂波」短歌[66]

我們生活中必不可少的思想，或許僅是「伊呂波」短歌而已。

命運

遺傳、境遇、偶然——主宰我們命運的不外乎此三者。沾沾自喜者只管自喜就是，但就別人說三道四則屬多管閒事。

嘲諷者

嘲諷他人者同時亦怕遭人嘲諷。

某日本人的話

給我以瑞士。否則，給我以言論自由。

像人，再像人……

像人、過於像人那樣的人，十之八九確像動物。

某才子

他相信自己即使成為惡棍也不會成為傻瓜。然而數年過後，不僅同惡棍全然無緣，反而一直是傻瓜。

希臘人

將復仇之神置於宙斯之上的希臘人喲，你們已洞察一切！

又

而同時又顯示我們人類的進步是何等遲緩！

聖書

一個人的智慧不如整個民族的智慧。只是，如果能多少簡潔一點的話……

某孝子

他事母至孝。當然，他深知愛撫和接吻可以給其寡母以性的慰藉。

某惡魔主義者

他是惡魔主義詩人。無須說，在現實生活中越出安全地帶一次——僅僅一次——便再也不敢問津。

某自殺者

他決心為一件雞毛蒜皮小事自殺。但這對他的自尊心無疑是沉重打擊。他把手槍拿在手裏昂然自語：「拿破崙在被跳蚤叮咬時也必定感到發癢！」

某「左」傾主義者

他位於最左翼的左翼，故而蔑視最左翼。

無意識

我們性格上的特點——至少最顯著的特點——超越我們的意識。

自　豪

我們最為自豪的僅限於我們所不具有的東西。實例：T精通德語，但他桌子上常放的全是英語書。

偶　像

任何人都不反對摧毀偶像，同時對將自身塑為偶像亦無異議。

又

然而任何人都不可能泰然自若地以偶像自居，除非受命於天。

天國之民

天國之民首先應不具有胃袋和生殖器。

某幸福者

他比誰都單純。

自我厭惡

自我厭惡最顯著的徵兆是企圖從一切中覓出虛偽，且絲毫不以此為滿足。

外表

最怯懦的人看上去向來是最勇敢的人。

人

我們人的特點是犯神決不犯的過失。

罰

再沒有比不受罰更痛苦的懲罰。如果神保佑決不受罰則另當別論。

罪

說到底，罪是道德及法律範疇內的冒險行為。因而任何罪無不帶有傳奇色彩。

我

我不具有良心，我具有的僅僅是神經。

又

我屢屢詛咒他人「死了算了」，且他人中甚至包括自己的至親。

又

我每每這樣想道：就像我對那個女人傾心時她也對我傾心一樣，我對那個女人生厭時最好她也對我生厭。

又

三十歲過後，我無時無刻不感到愛的飢渴。隨即大寫特寫抒情詩，卻在尚未長驅直進時便敗下陣來。不過這未必是我在道德上的進步，只不過是意識到了心裏有一副小算盤而已。

又

縱使再心愛的女人，同其交談一小時便覺得乏味。

又

我常常說謊。但從我口中說出的謊無不拙劣至極，當然訴諸文字時除外。

又

對同第三者共有一個女人我並無意見。可是，不知幸與不幸，通常在第三者尚未察覺這一事實時，我便陡然對那女子生出厭惡。

又

對同第三者共有一個女人我並無不滿。但有兩個條件：或者同那第三者素不相識，或者親密無間。

又

對於為愛第三者而欺瞞丈夫的女人，我還是可以生出愛意；但對為愛第三者而置孩子於不顧的女人則深惡痛絕。

又

能使我感傷的，唯獨天真無邪的兒童。

又

我三十歲前愛過一個女人。一次她對我說：「對不起你夫人。」我倒未特別覺得愧對妻子。但她這句話卻奇妙地沁入我的心中。我直率地想道：說不定我也對不住這個女人。至今我仍只對這個女人懷有柔情。

又

我對金錢淡然視之。當然是因為餬口總還沒有危機。

又

我對雙親盡孝。因為都已老了。

又

對兩三個朋友，縱使沒說實話，也未曾說過謊言。因為他們也沒有說謊。

人生

即使革命復以革命，除了「入選的少數」之外，我們的生活想必也還是慘淡的。而且這「入選的少數」不外乎「傻瓜和壞蛋」。

民眾

莎士比亞也罷歌德也罷李太白也罷近松門左衛門也罷，恐怕都將消亡。然而藝術必在民眾中留下種子。我在大正十二年寫過「寧為玉碎不為瓦全」[67]，這一信念至今仍毫不動搖。

又

且聽下落的錘音節奏。只要這節奏。只要這節奏尚存，藝術便永不消亡。（昭

和改元第一日）

又

我固然失敗了。但造我之物必然造出別人來。一棵松的枯萎實在不足掛齒。只有存在廣袤的大地，便有無數種子孕育其中。（同上）

某夜隨感

睡眠比死亡愜意，至少較為容易。（昭和改元第二日）

大正十二年（一九二三）——昭和二年（一九二七）

註釋：

[1] 日本近代詩人正岡子規（一八六七——一九零二）所作。

[2] 布萊士．帕斯卡（Blaise Pascal, 1623-1662），法國數學家、物理學家、哲學家。原句為「假如克婁巴特拉的鼻子是低的，地面一切將為之一變」。

[3] 山本實彥創辦，由改造社刊行的綜合刊物（一九一九—一九五五）。

[4] 伊曼紐·史威登堡（Emanuel Swedenborg, 1688-1772），瑞典靈異大師，被譽為「西歐歷史上最偉大、最不可思議的人物」。

[5] 雅各布·伯麥（Jakob Böhme，1575-1624），德國神秘主義哲學家，文藝復興和宗教改革後理性運動中最有影響的領袖之一。

[6] 指三越百貨公司（Mitsukoshi）。

[7] 東京地名，當時的工業地帶。

[8] 東京千代田區靖國神社內的戰爭博物館，建於一八八二年。

[9] 應視為反語。

[10] 或曰一刀三拜。喻雕刻佛像時的虔誠。

[11] 讓·雅克·盧梭（Jean-Jacques Rousseau, 1712-1778），法國啟蒙思想家、哲學家、教育學家、文學家。

[12] 普羅斯佩·梅里美（Prosper Mérimée, 1803-1870），法國現實主義作家、中短篇小說大師、劇作家、歷史學家。

[13] 作者在上海旅行時的友人。

[14] 威廉·詹姆斯（William James, 1842-1910），美國哲學家、心理學家，提倡實用主義哲學、功能心理學。

[15] 喬納森．斯威夫特（Jonathan Swift, 1667-1745），英國諷刺文學大師，以《格列佛遊記》等作品聞名於世，晚年精神失常。

[16] 《萬葉集．卷二》，有間皇子作。

[17] 賈科莫．萊奧帕爾迪（Giacomo Leopardi, 1798-1837），意大利詩人、哲學家，終生多病，悲觀厭世。

[18] 釋迦牟尼身為王子時的名字。

[19] 指耶穌．基督。在約旦河受洗之後在曠野中斷食四十天。

[20] 悉達多出家時陪他行至苦行林的車夫的名字。

[21] 準確說法應為釋迦牟尼佛。

[22] 日本十四世紀時的著名隨筆集，吉田兼好著。見第五十三段。

[23] 一九二一年日本女歌手白蓮私奔事件。

[24] 一九二三年日本作家有島武郎殉情事件。

[25] 一九二二年日本作家武者小路實篤離婚事件。

[26] 雷米．德．古爾蒙（Remy de Gourmont, 1858-1915），法國作家、評論家。

[27] 日本江戶末期農村復興倡導者（一七八七—一八五六），通稱金次郎。

[28] 指寶生犀星（一八八九—一九六二），日本作家。

[29] 瑪麗·斯托普斯（Marie Stopes, 1880-1958）英國人，曾同美國的聖佳夫人一起從事節育運動。

[30] 松尾芭蕉（一六四四—一六九四），日本著名詩人，名句有「青蛙入水古池響」。

[31] 日本作家菊池寬（一八八八—一九四八）「啟吉系列小說」裏的主人公。

[32] 日本江戶前期的儒學家、教育家（一六三零—一七一四），本名篤信。

[33] 德語。

[34] 布朗基（Louis Auguste Blanqui, 1805-1881），法國空想社會主義者，一生有四十年在獄中度過。

[35] 一八零零年拿破崙結束對奧戰爭的一場大戰。

[36] 日本小說家、資深編輯（一八九四—一九六六）。

[37] 十五六世紀德國浮士德傳說中的惡魔名字，多次出現在歌德的詩劇《浮士德》等許多作品中。

[38] 喬治·莫爾（George Moore, 1852-1933），英國唯美主義的代表人物之一，發表了一系列詩、劇、評論，對中國現代文學的發展產生過獨特的影響。一八七二—一八八二年曾在巴黎學畫十年。

[39] 王大錯撰。考證戲曲之書。

[40] 國木田獨步真正獲得作家地位是在三十四歲出版《獨步集》之後。

[41] 出自《孔叢子》：「孔子曰：可哉。古之聽訟者，惡其罪而不惡其人。」

[42] 日本小說家（一八八八—一九八三），原名山內英夫，有島武郎的弟弟。

[43] 日本江戶時期的「浮世繪」畫家。

[44] 江戶中期畫家尾形光琳成就的畫風及繼承此畫風的流派。

[45] 阿爾科克（John Rutherfold Alcock, 1809-1897），英國外交官。

[46]《戰國策．齊策》：「行百里者，半於九十，此言末路之遠。」

[47] 日本國神之一，形象怪異。

[48] 十四世紀初，馬可．波羅在《東方見聞錄》中稱日本為「黃金之島」。

[49] 吉田兼好（一二八三？—一三五零？）的隨筆集。有日本第一隨筆之譽。

[50] 翰斯克伯爵夫人（Madame Hańska, 1801-1882），原為俄羅斯、烏克蘭地區大地主之妻。一八五零年同巴爾扎克結婚，婚後三個月巴爾扎克去世。

[51] 指一九二三年九月一日發生的關東大地震。

[52] 意大利政治家 Machiavel（馬基雅弗利）的思想，肯定政治權術，主張為國家利益而擯除一切道德約束。

[53] 高山樗牛（一八七一—一九零二），日本評論家、作家。

[54] 莫泊桑的小說。

[55] 意思分別為「意氣風發」、「高級無業游民」、「兇相畢露」、「凡庸」，均為夏目漱石所創。

[56] 日本小說家，芥川好友（一八九二—一九五二）。

[57] 日本小說家（一八九一—一九六二）。

[58] 日本江戶中期畫家，別號九霞山樵等（一七二三—一七六六）。

[59] 荻生徂徠（一六六六—一七二八），日本儒學大家，著有《論語徵》等。

[60] 伏爾泰（一六九四—一七七八），法國啟蒙思想家、作家、哲學家。

[61] 法語，意思是「天真」，作為伏爾泰的作品名譯為《天真論》，也是作品中主人公的名字。

[62] 英國作家斯威夫特（Jonathan Swift, 1667-1745）著《格列佛遊記》裏「馬國」中出現的酷似人的狡猾動物。

[63] 日本小說家、詩人島崎藤村（一八七二—一九四三）自傳性質的長篇小說。

[64] 賓可夫（Paul Birukoff / or Pavel Biryukov, 1860-1931），俄國作家，托爾斯泰好朋友，編著《托爾斯泰傳》（*Leo Tolstoy: His Life and Work*），是一九零二至一九零三年間在托爾斯泰提供資料及參與整理下而編撰，英文版為托爾斯泰本人修訂。

[65] 菲利普·梅因朗德（Philipp Mainländer, 1841-1876），德國哲學家，著有《解脫的哲學》。讚美自殺，本人也自殺而亡。

[66] 收錄了四十八則富有啟示性的日本諺語，如「狗跑正遇當頭棒」等。

[67] 出現在一九二三年作者在《中央公編》上發表的《妄問妄答》中。

天地外國經典文庫

①**到燈塔去**
［英］弗吉尼亞·伍爾夫 著　瞿世鏡 譯

②**鼠疫**
［法］阿爾貝·加繆 著　劉方 譯

③**動物農場**
［英］喬治·奧威爾 著　榮如德 譯

④**人間失格（附《女生徒》）**
［日］太宰治 著　竺家榮 譯

⑤**美麗新世界**
［英］奧爾德斯·赫胥黎 著　陳超 譯

⑥**都柏林人**
［愛爾蘭］詹姆斯·喬伊斯 著　王逢振 譯

⑦**局外人**
［法］阿爾貝·加繆 著　柳鳴九 譯

⑧**月亮和六便士**
［英］威廉·薩默塞特·毛姆 著　傅惟慈 譯

⑨**柏拉圖對話集**
［古希臘］柏拉圖 著　戴子欽 譯

⑩**愛的教育**
［意］埃德蒙多·德·亞米契斯 著　夏丏尊 譯

⑪**一九八四**
［英］喬治·奧威爾 著　董樂山 譯

⑫**老人與海**
［美］歐內斯特·海明威 著　李育超 譯

⑬ **泰戈爾散文詩選集**
〔印度〕羅賓德拉納特・泰戈爾 著　吳岩 譯

⑭ **荷風細語**
〔日〕永井荷風 著　陳德文 譯

⑮ **流動的盛宴**
〔美〕歐內斯特・海明威 著　湯永寬 譯

⑯ **最後一片葉子**
〔美〕歐・亨利 著　黃源深 譯

⑰ **面紗**
〔英〕威廉・薩默塞特・毛姆 著　張和龍 譯

⑱ **漂泊的異鄉人**
〔英〕D・H・勞倫斯 著　劉志剛 譯

⑲ **莎士比亞十四行詩集**
〔英〕威廉・莎士比亞 著　馬海甸 譯

⑳ **變形記**
〔奧〕弗蘭茨・卡夫卡 著　謝瑩瑩等 譯

㉑ **羅生門**
〔日〕芥川龍之介 著　林少華 譯

㉒ **烏合之眾**
〔法〕古斯塔夫・勒龐 著　陸泉枝 譯

㉓ **一生**
〔法〕莫泊桑 著　盛澄華 譯

天地

www.cosmosbooks.com.hk

書　　名　羅生門（らしょうもん）
作　　者　芥川龍之介（あくたがわ　りゅうのすけ）
譯　　者　林少華
編輯委員會　馬文通　梅　子　曾協泰
孫立川　陳儉雯　林苑鶯
責任編輯　林苑鶯
美術編輯　郭志民
出　　版　天地圖書有限公司
香港黃竹坑道46號
新興工業大廈11樓（總寫字樓）
電話：2528 3671　傳真：2865 2609
香港灣仔莊士敦道30號地庫（門市部）
電話：2865 0708　傳真：2861 1541
印　　刷　美雅印刷製本有限公司
香港九龍官塘榮業街 6 號海濱工業大廈4字樓A室
電話：2342 0109　傳真：2790 3614
發　　行　聯合新零售（香港）有限公司
香港新界荃灣德士古道220-248號荃灣工業中心16樓
電話：2150 2100　傳真：2407 3062
出版日期　2021年3月 初版 / 2022年9月 第二版

ISBN ： 978-988-8549-49-8

本書譯文由上海譯文出版社有限公司授權繁體字版出版發行